DREAMBOOKS

정령의 펜던트

발렌 판타지 장편소설

ORIGINAL FANTASY STORY & ADVENTURE

dream
books
드림북스

정령의 펜던트 5 위대한 길을 향한 안내서

초판 1쇄 인쇄 2020년 3월 6일
초판 1쇄 발행 2020년 3월 23일

지은이 발렌
발행인 오영배
편집 편집부
일러스트 보살
만화 빅피
표지 · 본문 디자인 오정인
제작 조하늬

펴낸 곳 (주)삼양출판사 · 드림북스
주소 서울시 강북구 도봉로 173
대표 전화 02-980-2112 **팩스** 02-983-0660
편집부 전화 02-987-9393 **팩스** 02-980-2115
블로그 blog.naver.com/dreambookss
출판등록 1999년 3월 11일 제9-00046호

ISBN 979-11-283-9518-5 (04810) / 979-11-283-9513-0 (세트)

드림북스는 (주)삼양출판사의 판타지 · 무협 문학 브랜드입니다.

5
발렌 판타지 장편소설
ORIGINAL FANTASY STORY & ADVENTURE
◆ 위대한 길을 향한 안내서 ◆
정령의 펜던트
dream books
드림북스

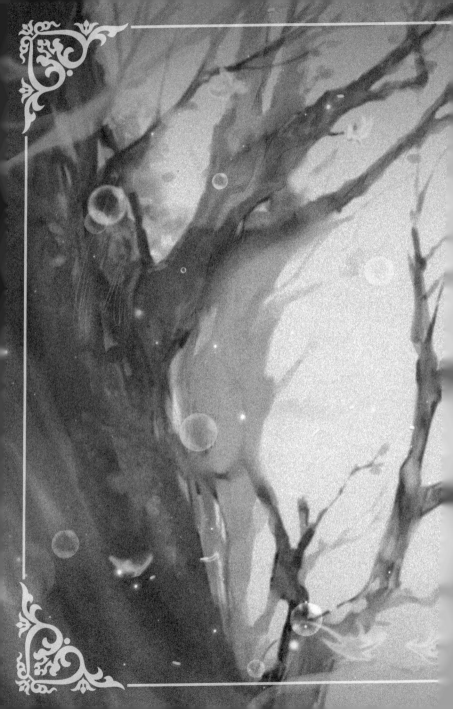

목차

---◆---

---◆---

Chapter 1.
정의 구현자

1.

오후 수업이 어떻게 흘러갔는지 모르겠다.

바율은 수업 내내 집중할 수가 없었다. 나단을 구해 준 바람의 정령에 대해서도 생각할 새가 없었다. 갑작스레 등장한 일라이의 아버지 때문이었다.

"검둥이, 잘 있었냐?"

"아, 아빠?"

그를 보던 일라이의 표정이 잊히지가 않는다. 녀석이 소름 끼치게 싫다던 말을, 그림 같은 미소를 지으며 내뱉던 사내.

정말 아버지가 맞는 걸까?

어째선지 그 순간 바율은 그런 의문이 들었었다.

평생이 혼자였다고, 태어난 순간부터 자신 곁에는 아무도 없었다며 슬퍼하던 녀석의 모습이 소스라치게 놀라던 얼굴과 겹쳐졌다.

일라이는 이후로 계속 침묵했다. 뭐라고 말을 붙일 수 있는 분위기가 아니었다. 이런 적이 한 번도 없었기에 바율은 점점 불안했다.

"이사장님, 이쪽으로 오시겠습니까?"

부자 사이에 더 오고 간 말은 없었다. 일라이는 아버지를 보며 그저 부들부들 떨었고, 아버지란 사내는 시종 웃기만 했다.

아카데미 직원이 다가와 인사하기 전까지는.

2.

"…이사장?"

사내를 부르는 호칭에 아이들이 웅성거렸다. 범상치 않

은 외모의 사내가 집시 일족인 일라이의 아빠라는 것만으로도 놀라울 판에, 무려 이사장이란다.

이사장이 누구인가.

아카데미의 최고 책임자인 총장을 선임할 수 있는 기관, 이사회를 지휘하고 감독하는 사람이다. 즉, 캐링스턴의 모든 것을 좌지우지할 수 있는 제일 권력자라는 뜻이다.

이토록 젊은 사람이 이사장이라고?

더욱이 그 이사장이 일라이의 아버지라고?

근로 장학생인 에이단이 레오네트 백작의 친손자라고 밝혀졌을 때만큼이나 충격적이었다.

"뭐라고요?"

하지만 이번에도 누구보다 놀란 건 일라이였다. 녀석이 인상을 구기며 쉰 목소리로 물었다.

"이, 이사장이라니요? 누가요?"

"우리 껌둥이 많이 놀랐구나. 아빠가 미처 말하는 걸 깜박했네."

"…농담하지 마! 무, 무슨 그따위 말도 안 되는 소리를!"

"한 십 년쯤 됐나? 나도 꽤 오랜만에 온 거긴 해."

"정확히는 12년 만에 방문하셨습니다."

직원의 정정에 사내가 '그런가?' 혼잣말하며 어깨를 으쓱였다.

"거, 거짓말!"

일라이가 절규했다.

"난 그런 것도 모르고……!"

뒷말은 이어지지 않았다. 녀석의 뺨이 수치스러움에 발
개졌다.

그간의 노력이 전부 허탕이 되었다. 어디든 숨어 버리고
싶었는데, 놈의 손아귀에서 놀아난 꼴이다.

"이사장님, 곧 수업 종이 울릴 겁니다."

"겸둥이, 이따가 보자."

직원의 안내에 사내가 고개를 끄덕이더니 이내 사라졌
다. 그런 와중에도 그는 '겸둥이'란 단어를 끝내 입에서 놓
지 않았다.

3.

"라이……."

무슨 생각 중인지 일라이가 두 주먹을 꽉 쥔 채 눈을 감
고 있었다. 좀처럼 진정이 되지 않는지, 그런 녀석의 몸이
잘게 떨렸다. 바율은 조심스레 친구의 어깨에 손을 얹었다.

"…그는 내 친부가 아니야."

그러길 얼마나 지났을까. 불현듯 일라이가 고백했다.

"그저 날 키워 준 사람이지."

"양아버지셨구나……."

처음엔 뭣도 모르고 아빠라 부르며 자라긴 했었다. 그러
다 입에 밴 것이 문제였다.

"그냥 후견인 정도로 보면 돼."

"후견인?"

"응, 불쌍한 애들 뒤 봐주는 그런 사람들 있잖아."

"아, 알아. 좋은 일 많이 하시는 그런 분들 말이지?"

"훗, 좋은 일?"

일라이의 감긴 눈이 떠졌다. 녀석의 붉은 눈에 담긴 건
경멸에 가까웠다.

"내 감정, 내 의지 따위는 안중에도 없이 제멋대로 날 휘
두르고 가르치려 드는 게 좋은 일인가? 난 불쌍한 아이니
까 뭐든 시키는 대로 해야 하고?"

"라, 라이?"

"안정감이 있기는 했지. 갑갑할 만큼 위험한 것들로부터
날 지켜 주긴 했으니까."

녀석의 입꼬리가 비웃듯 말려 올라갔다.

"근데 그게 날 위해서였겠어? 다 잘난 제 명예 때문이었
겠지."

남에게 보여 줄 허위와 가장. 모든 것이 본인을 돋보이기 위한 가식이었다.

"너도 곧 알게 되겠지만 선의, 그딴 것과는 거리가 먼 사람이야. 내겐 오히려 최악이면 최악이었지."

과거를 떠올리자 힘겹게 누르고 있던 분노가 다시금 스멀스멀 기어 나왔다. 그날의 배신감이 사무치게 일라이를 옥죄어 왔다.

"라이, 이사장실 호출."

그때 학생 하나가 다가와 말을 전했다. 일라이를 위아래로 살피는 눈빛이 전과는 퍽 달랐다. 이미 소문이 쫙 퍼진 모양이었다.

결국 올 것이 왔다. 그대로 아무 일 없었던 듯 사라져 주길 간절히 바랐건만, 바람은 그저 바람일 뿐이었다.

"제기랄."

낮게 욕설을 내뱉는 일라이에게 바율이 조심히 물었다.

"내가 같이 가 줄까?"

"바율, 너도 함께 오라고 하셨어."

"뭐? 나도?"

힘겨워하는 일라이를 돕고자 바율이 꺼낸 말이 무색하게끔 학생이 마지막 말을 전달하고는 가 버렸다.

"왜 나까지……?"

바율의 의문은 이사장실에 도착하고서야 조금 풀어졌다. 그도 그럴 것이 에이단과 퀸, 로건이 이미 와 있었던 것이다. 짐작건대 아들의 친구들이 궁금해서 함께 부른 것이 아닌가 싶었다.

"무슨 수작질이야?"

인사도, 통성명도 나누기 전에 일라이가 다짜고짜 아버지를 향해 목청을 높였다.

"당신이 뭔데 얘들을 불러 모아? 이사장이면 다야? 불러다 뭘 어쩔 건데?"

일라이에게서 이제껏 본 적 없는 모습이었다. 격앙되어 소리치는 녀석의 모습은 바율과 친구들에게 매우 낯설었다.

"킬리안, 아니 여기선 일라이던가?"

일라이의 격분에도 사내는 조금의 흔들림이 없었다. 도리어 더욱 환하게 웃으며 되물었다. 그런 사내의 입에서 처음으로 '검둥이'가 아닌 다른 호칭이 튀어나왔다.

킬리안?

바율과 친구들의 시선이 약속이라도 한 듯 옮겨 갔다.

너 원래 이름이 킬리안이었어?

"…속인 거 아니야. 저자가 지어 준 이름이라서 버린 것뿐이지."

이름까지 바꿀 정도로 양부를 증오하고 있음을 일라이가 분명하게 표출했다. 물론 이번에도 사내는 아무렇지 않게 대꾸했다.

"이름이야 뭐가 되었든 상관없지. 그런다고 내 검둥이가 검둥이가 아니게 되는 건 아니니까."

"내가 그렇게 부르지 말라고 했지! 당신이 그렇게 부를 때마다 소름 끼치게 싫다니까!"

"그럼 친구들에게 소개라도 해 주든가."

조건부 승낙이었다. 검둥이란 소리를 듣지 않으려면 시키는 대로 하라는, 거의 협박에 가까운 말이었다.

늘 이런 식이었다. 어떡해서든 본인이 원하는 대로 해야만 직성이 풀리는 자다. 그럴 때마다 질 수밖에 없는 자신의 신세도 지긋지긋했다.

"다들 눈치챘겠지만, 여긴 내 양부. 돈이 엄청나게 많아서 놀고먹는 게 특기인데, 이사장 놀이까지 하고 있는 줄은 미처 몰랐네. 보다시피 어른다운 구석이라곤 하나도 없어서 양자인 날 괴롭히고 못살게 구는 게 삶의 낙이자 보람이지. 엮여서 하등 좋을 거 없는 자니까, 너희도 지나가다 만나면 그냥 무시하도록 해."

양아버지를 노려보며 일라이가 또박또박 힘주어 말했다.

본디 소개를 받았으면 인사를 건네는 것이 수순이다. 하나 살벌하다 못해 악의가 뚝뚝 떨어지는 녀석의 소개말에 바율과 친구들은 어색한 자세로 눈만 끔벅거렸다.

"뭐, 틀린 말은 하나도 없네."

사내는 시원스레 인정했다.

"근데 검둥아, 이름이 빠졌잖아. 아버지의 멋진 이름도 소개해야지?"

"…라예가르."

마치 원수의 이름이라도 일러 주듯 일라이가 낮은 어조로 읊조렸다. 그에 만족한 듯 라예가르가 방긋 웃으며 손을 흔들었다.

"안녕, 애들아. 방금 잘 들었지? 풀 네임은 라예가르 폰세 발레리. 앞으로 잘 부탁한다."

사내가 긴 다리를 꼬고 소파에 등을 기댄 채 느긋한 눈길로 친구들을 돌아봤다.

그는 시종 여유가 넘쳤다. 일라이가 아무리 악악대며 흥분해 소리쳐도 전혀 통하지 않았다. 단조로운 일상처럼 느껴질 만큼 이 모든 상황이 너무나 익숙해 보였다.

"…안녕하세요. 에이단이라고 합니다."

"퀸입니다."

"…로건입니다."

"바율이라고 합니다…… 이사장님."

적당한 호칭을 찾지 못해 바율은 일단 직책으로 그를 불렀다. 왠지 라이 아버님이라고 했다간 큰일 날 것 같았기 때문이다. 그러자 라예가르가 펄쩍 뛰며 고개를 저었다.

"에이, 그건 아니지. 친구 아버지한테 이사장님이 뭐야. 정 없이."

"그럼 뭐라고……?"

"그냥 편하게 이름 불러."

"…네?"

"내 이름 꽤 멋있지 않아? 겸둥, 아니 저 자식이 나한테 맞먹는 거 봤지? 너희도 그냥 만만하게 생각해. 난 그게 좋더라."

보통의 어른이라면 일라이의 태도에 버릇없다며 훈계를 하고도 남을 상황이었다. 한데 양부란 자가 혼을 내기는커녕 오히려 더 부추기고 있다. 확실히 정상은 아니었다.

"사디스트입니까?"

퀸이었다. 그의 갑작스러운 질문에 라예가르가 이해하지 못한 듯 머리를 기울였다.

"라이를 학대하며 희열을 느끼는 것 같아서요. 그걸 인간 세상에선 사디스트라고 하더군요."

처음 만난 친구의 아버지에게 하는 질문치고는 제법 셌다. 하지만 어차피 버릇없고 건방지기로는 어디 가서 빠지는 편도 아닌 데다, 상대가 맞먹으라 했으니 그의 성격상 못할 것도 없었다.

"아아, 그래?"

"참고로 어린 자녀를 학대하는 건 불법입니다. 범죄나 마찬가지죠."

"지금 겁주는 건가? 오랜만에 만난 귀여운 아들에게 장난 좀 쳤을 뿐인데, 으름장이 아주 대단한데? 아들, 너 친구 꽤 잘 사귀었다?"

라예가르가 흐뭇한 얼굴로 아들을 칭찬했다.

'어?'

잠시 착각이었을까? 속단하기는 이르지만, 그런 그의 황금색 눈동자에서 바율은 언뜻 따사로움을 본 것 같았다.

"쓸데없는 소리 집어치우고, 용건이나 말해. 왜 불렀어?"

"자식, 싸늘하기는. 우리가 얼마 만에 만난 건데, 계속 그렇게 툴툴거릴 거야? 이제 좀 철이 들 때도 되었잖아."

"누가 할 소리! 철은 내가 아니라 당신이 들어야지!"

"내가 철들면 재미없지. 너 진짜 어른이 얼마나 무서운지 모르지? 지금처럼 계속 그렇게 까불었다간 바로 끽! 이 세상 뜨는 거야."

라예가르가 한 손으로 목을 긋는 시늉을 했다.

"내가 왜? 죽으려면 당신이나 죽어! 지옥으로나 꺼져 버리라고!"

"어느 쪽인데?"

"뭐?"

"지옥이 어디인지 알아야 갈 것 아니야. 이쪽? 저쪽? 아니, 위쪽인가?"

생글생글 웃으며 약 올리는 데는 선수였다. 이전이나 지금이나 밉살스럽기는 따라갈 재주가 없다.

일라이가 끓어오르는 화를 가까스로 억누르며 마지막으로 경고했다.

"오늘이 당신과 내가 만나는 마지막 날이야. 다시는 내 눈앞에 나타나지 마."

"그건 안 되겠는데. 당분간 출근이라는 걸 해야 할 것 같거든."

"…출근?"

"아카데미에 결재할 서류가 어마어마하게 쌓였더라고. 명색이 이사장인데, 할 일을 계속 미룰 순 없잖아?"

12년 만에 방문했다는 사람이 할 말은 아니었다.

"아 참, 그리고 나 이사 왔다. 조기 아래로. 좀 좁긴 한데, 지낼 만해."

"무, 무슨 개소리야! 이사라니? 당신이 이사를 왜 와?"

일라이는 아버지가 아카데미의 이사장이란 사실을 알았을 때보다 더 당황했다. 더듬거리며 묻는 아들에게 라예가르가 씩 웃으며 대답했다.

"왜긴 왜야. 아들이랑 살고 싶어서 왔지. 그래서 말인데, 이번 주말에 다들 우리 집에 놀러 오지 않을래?"

4.

"미쳤네. 미쳤어."

현실 부정이라도 하듯 일라이가 거칠게 고개를 저으며 중얼거렸다.

웃기는 소리였다. 자신이 거길 어떻게 빠져나왔는데 또같이 산단 말인가. 제정신이 아니었다.

"다들 올 거지? 아, 이왕 초대하는 거 다른 친구들까지 왕창 부를까?"

아들이 현재 무슨 생각 중인지 전혀 알지 못한 채(관심이 없다는 게 정확한 표현일 것이다) 라예가르가 해맑은 음성으로 덧붙였다.

"이번에 사절단으로 황궁에 갔다 왔다면서. 내 환영식도 황실 무도회처럼 성대하게 한번 치러 보면 어떨까?"

"진심으로 내가 거길 갈 거라고 생각하는 건 아니지? 당신 그렇게 머리 나쁜 편은 아니었잖아. 왜 이래? 치매라도 걸렸어? 살 만큼 살았으니 이제 죽을 때라도 된 거야?"

라예가르의 외모는 많아 봤자 삼십 대 후반 정도였다. 아직 한창이라도 해도 무방할 나이에, 살 만큼 살았다는 말은 어울리지 않았다.

"그런 거라면 말 들을래?"

별안간 라예가르의 말투가 확 바뀌었다. 눈빛이며 목소리가 어찌나 진중한지, 친구들은 물론 독설을 퍼붓던 일라이까지 일순 멈칫했다.

"…뭐, 뭐야? 그건 무슨 반응인데?"

"얼마 안 남았대."

"……!"

"길어야 반년? 그것도 장담할 순 없다더군."

"허, 헛소리! 당신이 벌써 죽을 리 없어! 그 능력이면 앞으로 천 년은 더 거뜬하게 버틸걸?"

"응? 죽다니? 내가 왜 죽어?"

그 무슨 생뚱맞은 소리냐는 듯 라예가르가 턱을 매만졌다.

"당신이 좀 전에 그랬잖아. 길어야 반년 남았다며!"

"아아, 집 공사 말이야. 수리 맡겼는데 반년이나 걸린다네?"

불치병에라도 걸린 듯한 뉘앙스를 풀풀 풍길 때는 언제고 갑자기 공사 얘기가 웬 말이란 말인가. 어이없음도 잠시, 공사라는 말에 일라이가 눈살을 찌푸리며 물었다.

"근데 무슨 공사? 집에 손볼 데가 어디 있다고?"

"네가 가출하면서 망가뜨린 게 한두 개여야 말이지. 말이 나와서 말인데, 그때 입은 내 정신적 피해와 물질적 손해는 어떻게 만회할 거지?"

"가출?"

"라이, 너 가출한 거야?"

오늘 새로운 사실을 여럿 알게 된다. 아카데미 최고 모범생이자 학부 우등생인 일라이가 실은 가출 소년이었다니. 세상 참 모를 일이었다.

"이런, 이런. 친구들이 전혀 모르고 있었나 보네. 나한테 복수하겠다고 불까지 지르고 나갔는데. 혹시 그건 들었니, 애들아?"

"부, 불을 질렀다고요?"

"덕분에 집 전체가 홀라당 다 타 버렸다니까? 그래서 공사 중인 거야."

진짜 탄 거 맞아요?

심각한 이야기를 하면서도 어째 얼굴은 평온하다. 진정성이 느껴지지 않는다고 할까. 그게 아니라면 일라이의 말처럼 돈이 너무 많아서 그쯤은 아무것도 아니라고 여기는 것 같기도 했다.

"라이, 진짜야? 아니지?"

아무리 화가 났기로서니 일라이가 방화를 저질렀을 리 없다. 그 정도 이성은 있었을 거라고 다들 믿고 싶었다.

"…그, 그냥 작은 불이야. 이자가 부풀려서 말하는 거라고."

"그러니까 불을 지르긴 질렀단 소리야?"

"헐! 너 미쳤어? 그러다 사람이라도 죽으면 어쩌려고!"

"죽긴 누가 죽어! 불 따위가 이자에게 조금이라도 영향을 끼쳤을 것 같아? 티끌만 한 상처도 못 냈을걸!"

"그거야 그랬지. 그렇지만 아들, 아버지 마음에 생채기는 제법 크게 났단다."

라예가르가 셔츠 앞자락을 움켜쥐며 보란 듯이 슬픈 눈빛을 지었다. 그 가증스러운 모습에 일라이는 저도 모르게 실소가 터져 나왔다.

"마음 같은 소리 하고 있네. 당신에게 진짜 그딴 게 있었으면 애초에 나한테 그런 짓을 저지르지도 않았어!"

"그 일이라면……."

"닥쳐! 당신 입에서 그 얘기 듣고 싶지 않아!"

일라이의 눈에 핏발이 섰다. 그가 어금니를 깨문 채 씹어

뱉듯 뇌까렸다.

"너는 헛소리 지껄이지 마. 참는 데도 한계가 있어."

살기라고 해야 할까. 당장에라도 아버지에게 달려들 것
처럼 일라이가 으르렁거렸다.

"삐욕!"

그때였다. 일라이의 살기에 놀라기라도 한 듯, 에이단의
모자가 들썩이며 잉그리드가 빼꼼 얼굴을 내밀었다.

"오호, 너 거기 숨어 있었구나?"

앙증맞은 녀석의 등장에 라예가르가 입을 벌리며 환영했
다. 그가 애완견이라도 부르듯 잉그리드에게 손짓했다.

"이리 온!"

그러자 놀라운 일이 벌어졌다. 에이단이 아니라면 누구
의 말도 듣지 않았던 잉그리드가 '삐욕' 응답하며 푸드덕
날아가는 것이 아닌가.

"잉그리드?"

에이단이 황당해서 불러 보았지만, 녀석을 멈추게 할 순
없었다. 잉그리드가 라예가르의 손가락을 홰 삼아 사뿐하
게 내려앉았다.

신기한 광경이었다. 바율에게 먼저 다가와 부리를 비빈
적은 있어도 이처럼 부름에 답했던 적은 없었기 때문이다.

피그미부엉이인 잉그리드는 정령인 이노센트를 제외하

고는 오로지 동물과의 교감 능력을 타고난 에이단하고만 소통이 가능했다.

"이름이 잉그리드인가?"

라예가르가 손을 움직여 가며 잉그리드를 이리저리 살폈다. 그런 그의 황금색 눈빛이 서서히 감탄으로 젖었다.

"아직 탈피를 못 했구나."

"삐욕!"

"그래, 모든 건 때가 있는 법이지."

그는 한순간 다른 사람 같았다. 본 적 없는 부드러운 말투와 손으로 잉그리드의 머리를 부드럽게 쓰다듬었다. 그 손길이 무척이나 좋은 듯 잉그리드가 좀처럼 듣기 힘든 소리로 울어 댔다.

"…탈피를 못 했다니요? 그게 무슨 뜻입니까?"

낯선 사내에게 호감을 드러내는 잉그리드에게 마저 놀랄 새도 없었다. 라예가르의 수상한 한마디가 에이단을 자극했다.

"글쎄. 무슨 뜻이려나?"

"말씀에서 뭔가 알고 계신 듯한 느낌을 받았는데…… 아닙니까?"

"내가 직관력이 많이 뛰어난 편이거든."

"말씀해 주십시오. 탈피라는 게 정확히 무슨 뜻인가요?"

"많이 궁금한가 보지?"

라예가르가 답은 않고 빙그레 웃기만 했다. 일라이를 대할 때와 같은 모습이었다. 대상만 바뀌었을 뿐, 얼굴에 장난기가 가득하다.

에이단이 눈빛으로 일라이에게 도움을 요청했다.

'너희 아버지 왜 이러시냐? 나 대신 네가 말 좀 해 봐.'

'지금껏 뭐 봤냐? 소용없는 짓이야.'

'말이라도 해 보라니까? 혹시 모르잖아!'

에이단이 눈을 부라리자 일라이가 하는 수 없이 입을 열었다.

"무슨 뜻인데? 말을 했으면 끝까지 알아듣게 해야지."

"맨입으로?"

"그럼 돈이라도 내놓을까?"

"나 돈 많은 거 알면서."

다분히 다른 목적이 있음을 암시하는 발언이었다. 그의 컴컴한 속내라면 일라이도 알 만큼은 안다. 절대로 넘어가지 않을 것이다.

"에이단, 포기해. 절대 말 안 해 줄 거야."

"난 절대라는 말은 안 했는데."

라예가르가 다른 손가락을 내밀자 잉그리드가 총총거리며 자리를 옮겼다.

'그렇다는데?'

에이단이 더 노력해 보라는 듯 친구를 향해 턱짓했다. 녀석도 일라이의 아버지가 마음에 드는 건 아니었지만, 꼭 알고 싶은 마음이 컸다.

"아, 그냥 말 좀 해 주지? 지금이 장난칠 타이밍은 아니지 않아?"

결국 일라이가 다시 나설 수밖에 없었다. 녀석이 짜증이 철철 묻어난 목소리로 예민하게 물었다.

"나 장난 아닌데. 어느 때보다 진지한데."

오늘 처음 만난 사이지만 바율도 친구들도 그 말엔 동의할 수 없었다.

그들은 이미 알 것 같았다. 누구에게나 친절해 평소 학우들 사이에서 인기가 높은 일라이였다. 그런 녀석이 말끝마다 폭언을 퍼붓고 길길이 날뛰는 것은 전부 라예가르의 태도 탓이었다.

아버지라는 사람이(아무리 양부라 할지라도) 아들인 일라이를 놀려 먹지 못해서 안달이 나 있다. 그에게선 보통의 부모에게서 볼 수 있는 진지함이라거나 따뜻함 등을 조금도 느낄 수가 없었다.

평생을 이런 식으로 당해 왔다면 성격 파탄자가 되지 않은 것이 외려 이상할 정도였다. 다른 의미로 일라이가 참

잘 컸다고 친구들은 생각했다.

"에이단, 들었지? 단념해. 약만 올리다가 말 거니까."

"그냥 하는 소리가 아닌 건 확실해?"

"뭐?"

"진짜로 뭘 알고 하시는 말씀이냐고."

"지금 나 의심하는 거야?"

"네, 맞습니다."

에이단의 도발적인 대꾸에 라예가르의 입가가 재미있다는 듯 실룩였다.

"와, 이런 대접은 처음인데? 되게 새롭다. 그치, 겸둥아?"

어느새 다시 또 겸둥이가 되었다. 약속을 했으면 지키라고 소리치고 싶었지만, 지금은 무슨 말을 해도 들어 먹질 않을 거라는 걸 일라이는 직감으로 알았다.

"마법사야."

"…엉?"

녀석의 뜬금없는 설명에 다들 무슨 소리냐는 듯 눈이 동그래졌다.

"하는 짓은 형편없지만 저래 봬도 꽤 능력 있는 마법사라고. 주제에 아는 건 많아서 어딜 가든 꼭 잘난 척을 해 댄다니까. 근데 성격이 더러워서 다 말을 안 해 줘. 그래서 상대만 갑갑해서 죽으려고 하지."

"일부러 그런다는 거야?"

"본성이 사악하거든. 나한테 하는 거 보면 모르겠냐?"

아니, 너무 잘 알겠다.

"한마디로 살짝 티만 내는 거야. 있어 보이려고."

그 수에 당한 게 한두 번이 아니었다. 그러나 친구인 에이단까지 휘둘리게 놔두는 건 본인 스스로가 용납할 수 없었다.

"그러니까 더는 묻지 마. 절대 순순히 알려 줄 인간이 아니니까."

"알려 줄 의향 있다니까 그러네."

"이상한 조건 같은 거 붙일 거잖아. 누가 모를 줄 알아?"

"조건이 있기야 하지."

"거봐!"

내가 뭐랬냐? 이런 자라니까!

자기 아버지를 손가락질하며 일라이가 친구들을 돌아봤다.

그림이 그려졌다. 과거 숱하게 이런 장면이 연출되었을 테고, 그때마다 녀석은 그에 따른 피해나 대가를 수없이 치러 왔을 것이다. 진짜 나쁜 아버지였다.

"주말 어때? 그때쯤이면 내 생각이 바뀔 것 같은데."

"…무슨 의미야? 생각이 바뀌다니?"

"저희가 주말에 이사장님 댁을 방문하면 말씀을 해 주시 겠다는 뜻입니까?"

정중하면서도 예의 바른 로건의 물음에 라예가르가 흡족 해하며 대답했다.

"그렇지. 이중 네가 제일 똑똑한 것 같구나. 너희들 전부 내가 정식으로 초대할게."

"자꾸 허튼소리 할래? 미쳤어? 내가 거길 왜 가? 지금도 이렇게 같이 있는 것 자체가 역겨운데, 가서 뭐 하라고!"

"맛있는 거 먹고 놀다가 자고 가."

"됐거든! 당신 집에는 다신 안 갈 거야. 죽어도 안 갈 거 야!"

"진짜?"

"오늘 이 꼴을 다 봤는데, 내 친구들이 당신 집에 갈 것 같아? 꿈 깨셔!"

"난 올 것 같은데……."

말끝을 흐리는 라예가르의 눈빛이 이상했다. 불안한 느 낌을 받은 일라이가 획 돌아보자, 꼭 가고야 말겠다는 의지 에 찬 에이단의 얼굴이 보였다.

"에이단, 너 설마……?"

"가면 진짜로 말씀해 주실 건가요?"

"난 거짓말 안 해."

잉그리드의 깃털을 매만지며 라예가르가 약속했다.

"그럼 우리 자세한 얘기는 주말에 나누기로 할까? 곧 손님이 올 것 같거든."

똑똑.

방문을 예상이라도 한 듯 그의 말이 끝나기가 무섭게 노크 소리가 들렸다. 그리고 문이 열리며 한 중년인이 등장했다.

"…총장님!"

캐링스턴 아카데미의 최고 책임자, 웬만해서는 만날 일이 없는 라인하르트 총장이었다. 놀람도 잠시, 바율과 친구들은 발딱 일어나 인사했다.

"아, 안녕하세요!"

라인하르트 총장은 그 인사를 받는 둥 마는 둥 곧장 걸어 들어와서는 머리가 바닥에 닿을 정도로 허리를 깊게 숙였다.

"이사장님 나오셨습니까. 오랜만에 뵙습니다."

"어, 간만이지? 너희는 그만 나가 봐."

총장을 대하는 태도 역시 아들과 그 친구들을 대할 때와 별반 다르지 않았다. 툭 내뱉듯 던지는 말투 하며 행동이, 마치 긴 시간 알아 온 수하라도 만난 듯했다.

"너도 나중에 보자."

그는 아쉬운 작별 인사와 함께 손을 흔들어 에이단에게로 잉그리드를 날렸다.

5.

"얘들아아아!"

바율과 친구들이 이사장실에서 나오자마자, 저 멀리서 다급하게 슈빅이 뛰어왔다. 예고된 등장이었다. 이런 특급 소식을 놓친다면 정보통이란 수식어를 내려놔야 할 것이다. 요즘 이래저래 가장 바쁜 녀석이었다.

"다들 입조심해."

일라이가 즉시 함구령을 내렸다.

"마법사란 얘기는 특히 더더욱."

젊고 잘생긴 미남자가 캐링스턴의 이사장이란 것만으로도 벌써 충분한 화젯거리였다. 그가 일라이의 아버지라는 사실까지 알려졌으니 당분간 어딜 가든 온통 이 얘기뿐일 것이다.

거기에, 실은 이사장이 엄청난 마법사래.

이런 소문이라도 더해진다면 그 파장은 엄청날 터. 반드시 조용히 입 다물고 있어야 했다.

"아빠랑, 아니 그자랑 엮이는 거 이제 더는 싫어. 상상만으로도 끔찍해."

이미 엮일 대로 엮인 것 같은데?

다들 그렇게 생각했지만, 굳이 그 말을 입 밖으로 꺼내서 일라이의 심기를 어지럽히지는 않았다.

말조심하자.

다가오는 슈빅을 바라보며 바율과 친구들은 어느 때보다 비장하게 결심했다.

"헉헉! 이사장실 왜 이렇게 머냐? 숨넘어가겠네!"

슈빅이 무릎에 손을 얹고 허리를 굽힌 채 가쁜 숨을 몰아쉬었다. 달리기라면 어디 가서 빠지는 편이 아닌데, 보아하니 쉬지도 않고 달려온 모양이었다.

"여기까지 어쩐 일이래? 뭔 일 터졌냐?"

알면서도 에이단은 부러 그렇게 물었다.

"에이단, 넌 그걸 질문이라고 하냐? 내가 여길 왜 왔겠냐?"

슈빅이 어이없다는 듯 에이단을 바라보다가 일라이를 콕 찍었다.

"라이, 진짜야? 이사장님이 진짜 네 아버지가 맞아?"

이미 소문은 그렇게 퍼졌지만, 슈빅은 직접 확인하고 싶었다.

얼굴이 유별나게 잘생기긴 했지만, 집시 출신에 자신과 같은 평민이었다. 주말 아르바이트까지 하는 걸 뻔히 다 아는데 갑자기 이사장의 아들이라니. 믿을 수가 없었다.

"대단히 참기 힘든 사실이지."

"…뭔 말이야? 그래서 맞는다는 거야, 아니라는 거야?"

일라이의 아리송한 답변에 슈빅이 와락 인상을 썼다.

"사실이라고."

"킥! 정말? 대, 대박! 혹시나 했는데, 진짜 맞았구나!"

"나한테도 배신감 가질 필요는 없어. 난 에이단과 달리 양자거든."

"양자?"

"응, 정확히 말하자면 아버지라기보다 후견인 같은 거야. 알지? 돈 많은 사람들이 가난한 애들 막 후원하고 그러잖아."

"들어 봤어. 그래서 나중에 성공한 사람들도 더러 있잖아."

"그럼 내가 일부러 속인 게 아니라는 건 믿어 줄 수 있겠지? 친아들도 아닌데 이사장이 내 아빠라고 떠벌리고 다니는 것도 웃기잖아. 안 그래?"

에이단이 귀족이란 걸 숨겼다며 녀석에게 당하는 걸 한두 번 본 게 아니었다. 그런 위험은 반드시 미연에 방지해야만 한다.

"음, 그건 그렇지. 자레드 자식처럼 거들먹거리다가 나중에 양자라는 게 밝혀졌다면 오히려 애들이 욕했을 거야."

"그러니까! 내 말이 바로 그거야."

오늘 어째 슈빅이랑 말이 좀 통하는 느낌이었다. 엄청 귀찮게 할 줄 알았는데 한시름 놓아도 될 듯하다.

"근데 좀 이상하네."

"응? 뭐가?"

"이사장님이 돈 안 주셔? 후견인이 있는데 주말 알바를 왜 하는 건데?"

"…아, 그건 말이지."

가만 보면 쓸데없이 예리한 구석이 있었다.

"이제 나도 다 컸잖아. 언제까지 도움만 받을 순 없지."

도움이라는 표현을 써야만 하는 작금의 현실이 그저 저주스럽다. 부르르 떨리는 주먹을 애써 허리 뒤로 감추며 일라이가 어색하게 웃었다.

"역시 모범생답다. 나 같으면 펑펑 놀기만 했을 텐데. 대단해."

"안 봐도 훤하지. 하라는 공부는 안 하고 흥청망청 먹고 마시며 놀다가 후견인에게 잘렸을 거다. 너라면 가능해."

에이단의 놀림에 슈빅이 팔을 올리며 '우 씨' 했지만, 크게 반박하지는 못했다. 녀석이 예측이 맞을 것 같았기 때문이다. 어릴 때나 학생인 지금이나 얌전히 공부만 하는 것은 슈빅과 맞지 않았다.

"그럼 라이, 너도 발레리 가문의 일원이야?"

슈빅이 또다시 눈동자를 빛내며 물어 왔다.

그러고 보니 일라이의 아버지가 본인의 이름을 말할 때, 라예가르 폰세 발레리라고 했었다. 그때는 그의 존재에 놀라 별달리 생각하지 못했는데 어쩐지 가문의 이름이 낯설지가 않았다.

"발레리가 왜? 뭐 아는 거라도 있어?"

"헐! 라이, 너 양자 맞냐? 어떻게 발레리 가문에 대해 모를 수가 있어?"

"난 네가 아는 게 더 신기하다."

다들 그렇다는 듯 동시에 고개를 끄덕였다.

"설마 너희들 전부 모르는 거야?"

놀라던 슈빅의 얼굴이 이내 방자하게 바뀌었다. 자신만 알고 있다는 것이 내심 뿌듯한 것이다.

"얘들아, 발레리 가문으로 말할 것 같으면 말이지. 거기가 어떤 데냐면 말이야."

이후로 꽤 기나긴 설명을 들어야 했는데, 요약하면 이러했다.

200년의 전통을 자랑하는 캐링스턴 아카데미를 설립한 것은 발레리란 성을 가진 젊은 청년 상인이었다. 비상한 능력과 재주로 막대한 부를 축적한 그는 모든 걸 사회에 환원하고 싶다며 온 재산을 털어 아카데미를 열었다.

절망의 신전 바로 옆 부지에 아카데미를 세운 건 그가 그곳의 신도였기 때문이라는 설도 있다.

어쨌든 그렇게 아카데미를 짓고 학생들을 모집한 그는 이사장이란 직책만 지녔을 뿐, 경영에는 일절 관여치 않았다고 한다. 학생들이 자유로운 학풍 속에서 발전하고 나아가기를 바라는 마음에서였다.

그런 그의 바람 때문이었는지 캐링스턴은 곧 제국 최고의 아카데미로 거듭났고, 그는 그 공로로 백작위를 받았다. 평민의 신분에서 귀족이 된 것이다.

하지만 그는 이후로도 전혀 달라진 바가 없었다. 아주 가끔씩 아카데미를 방문해서 밀린 일 처리를 하고 갈 뿐이었다.

세월이 흘러 이사장직은 그의 아들에게로, 다시 또 아들에게로 대물림되었지만, 그들 역시 매번 똑같았다.

아카데미에 위급한 사항이 닥치면 어김없이 나타나 해결해 주고 이내 사라져 버리는 그들을 가리켜 학생들은 '바람의 신사'라고 부르기도 하였다.

"뭐? 바람의 신사?"

그 무슨 개뼈다귀 같은 소리냐는 듯 일라이가 이죽거렸다.

"신사가 다 얼어 죽었냐? 지나가는 신사가 들으면 억울해서 돌아 버릴걸?"

"뭔 소리냐? 라이, 갑자기 왜 이래?"

이사장실에 함께 있었던 친구들이야 충분히 이해가 가는 상황이지만, 슈빅에게는 어이없는 발언이었다. 녀석의 눈이 휘둥그레져서는 일라이를 요리조리 살폈다.

"라이."

바율은 얼른 나서 일라이를 붙들었다.

'여기서 이러면 안 돼. 참아.'

'그러다 슈빅이 눈치챈다? 침착해!'

에이단까지 끼어들어 수신호를 보내자 그제야 일라이가 조금 잠잠해졌다. 한순간 흥분했던 걸 자책이라도 하듯 녀석이 눈을 꾹 감았다.

"정리하면 라이도 귀족이라는 얘긴가?"

완벽한 타이밍이었다. 퀸의 질문에 슈빅의 관심이 단번에 돌아섰다.

"그렇지! 발레리 가문은 특출하게 활동하고 그런 건 없지만, 여전히 제국의 귀족가로 등록되어 있어. 본관 현관에 가면 설립 연대기가 있잖아. 거기에도 쓰여 있다고."

"아, 내가 거기서 본 거구나."

바율이 발레리라는 이름을 낯설지 않다고 느낀 이유가 그거였다.

"라이, 너도 나랑 같은 평민인 줄 알았는데 아니었네. 쳇, 너희들 나 무시하고 그러는 거 아니지?"

"바보냐? 그런 걸로 차별할 거였으면 진작 했겠지."

"맞아. 그건 그래."

에이단의 힐책에 슈빅이 금세 낄낄거리며 잔망스럽게 굴었다.

"근데 말이야. 그럼 라이, 네가 이사장직 물려받는 거냐?"

"돌았냐? 그걸 내가 왜 물려받아?"

"계속 대물림되고 있다고 내가 말했잖아. 아들이 너 하나뿐이면 당연히 네가 이사장 되는 거 아니야? 다른 형제 있어?"

"아니, 없는데."

"오! 그럼 내가 미래의 이사장님을 대면하고 있는 건가? 대박!"

슈빅이 크게 손뼉을 마주치며 소리쳤다. 그에 찬물이라도 끼얹듯 일라이가 단호히 말했다.

"난 아니야."

"어?"

"난 그딴 거 안 할 거라고."

이사장 따위 줘도 안 갖는다.

내가 미쳤어?

"혼자서 다 해 먹으라고 해. 난 관심 없어."

"…너 혹시 아버지랑 사이 안 좋냐?"

이쯤 하면 모르려야 모를 수가 없었다. 슈빅이 친구들을 쓱 살피더니 이내 뭔가를 알아챈 듯 고개를 까닥였다.

"그렇구먼. 알겠다, 더는 안 물을게."

순간 다들 귀를 의심했다. 궁금한 건 절대 못 참는 녀석이 아닌가. 평소대로라면 붙잡고 더 캐물어야 정상이었다.

"이렇게 쉽게? 너 어디 아프냐?"

"뭔 소리야! 나도 가족은 안 건드려."

"…가족?"

"나한테도 정도라는 게 있거든."

"근데 나는 왜 그랬어?"

에이단이 억울하다는 듯 따졌다.

"난 잡아먹으려고 안날이 나 있었잖아!"

"너도 사이 안 좋냐?"

"어! 장난 아니거든?"

"진즉 말을 하지."

"뭐야?"

"주말마다 집에 잘만 가길래 난 잘 지내는 줄 알았지. 안 그러냐, 애들아? 너희도 그렇게 알고 있지?"

바율은 순간 뭐라 대꾸해야 할지 헷갈렸다. 에이단이 좋은 환경에서 사랑받고 잘 자란 경우인 건 맞지만, 뜻이 다르다는 이유로 현재 가족들과의 사이가 그리 원만하지 않은 것 역시 사실이었다.

하지만 그렇다고 일라이처럼 아버지를 증오하는 수준은 아니었기에 대답하기가 난처했다.

"야! 그건 그렇고, 이참에 자레드 자식 진짜 퇴학당하는 거냐?"

"그건 또 무슨 소리야?"

"퇴학이라니?"

정신없는 성격의 소유자답게, 슈빅이 그새 화제를 바꾸었다. 덕분에 잊고 있었던 점심시간의 일이 떠올랐다.

"나단은 어떻게 되었어? 이제 좀 안정은 찾았대?"

"며칠 신전에서 지낼 것 같아. 또 그러지 말라는 보장이 없으니까."

자살 시도는 대개 한 번으로 끝나지 않는다고 한다. 같은 일이 벌어지지 않으려면 주변에서 계속 신경을 쓸 수밖에 없다. 그런 환경으로는 신전이 적격이었다.

"당분간 수업도 빠지겠네."

"중요한 건 상처를 회복하는 거니까. 잘 이겨 냈으면 좋겠다."

"나단을 위해서라도 자레드 자식은 없어져야 해. 라이, 네가 아버지한테 부탁 좀 하면 안 되냐?"

이사장이니 학생 하나 그만두게 하는 것쯤은 일도 아닐 것이다. 상대가 헥터 공작가의 아들이란 게 좀 걸리긴 하지만, 이만하면 아카데미 측에서도 참을 만큼 참은 셈이다.

"내가 부탁한다고 해서 들어줄 자가 아니야."

"도대체 얼마나 사이가 안 좋기에 그렇게 거리감 드는 호칭을 쓴대?"

"가족은 건드리지 않는 게 네 철칙이라며."

"아, 그거야 그런데……."

호기심이란 게 스멀스멀 기어 나와서 말이지.

부자지간의 불화가 무슨 별일이겠느냐만, 어째 좀 특이하다.

슈빅이 이사장실에서의 대화를 듣지 못한 게 정녕 다행이었다.

"그래서, 자레드는 지금 어쩌고 있냐? 난 그게 더 궁금한데."

"몰라, 나도. 어디로 갔는지 사라져 버렸어."

"사라졌다고?"

"일 저지르고 무서워서 어디 도망간 거겠지. 찾으려면 금방 찾을 순 있을 거야."

"설마 그 자식 또 뭔 일 내는 거 아니겠지?"

홧김에 더 큰 사고라도 치는 건 아닐지 그게 걱정이었다.

"난 퇴학에 한 표 건다."

"천하의 헥터 가문인데?"

"발레리가의 또 다른 별명이 뭔지 알아?"

슈빅이 의미심장한 말투로 속삭이듯 말했다.

"정의 구현자. 자레드 자식은 이제 끝났어."

듣지 말아야 할 걸 듣기라도 한 듯 일라이를 포함한 모두의 얼굴이 구겨졌지만, 슈빅은 장담했다.

정의 구현자.

참으로 멋진 말이되 그들이 본 라예가르와는 좀처럼 어울리지 않았다.

Chapter 2.
실랑이의 끝

1.

　그러나 슈빅의 예언은 멋지게 적중했다. 상벌 위원회를
열고 말 것도 없이 자레드는 그대로 추방되었다.

　정학 중 집단 폭행을 저지르고 상대를 자살 시도로까지
몰았으니 퇴학 처분은 당연한 것이었지만, 상대가 상대이
니만큼 대다수 학생들은 이번에도 대충 넘어갈 거라고 생
각했었다.

　하지만 그걸 비웃기라도 하듯 모든 건 일사천리로 진행
되었다. 이처럼 심각한 교내 폭력 사태를 결코 조용히 넘
길 수 없다는 이사장의 발언 하에 피해자인 나단을 제외한,
폭행과 관련된 모든 이들을 아카데미에서 영구 제명하기로

결정을 내린 것이다.

그 과정이 얼마나 신속 정확하였는지, 해가 지기도 전에 자레드와 똘마니 녀석들의 짐이 아카데미 정문을 빠져나가고 있었다.

늦어도 주말쯤이면 헥터가는 물론, 많은 귀족가에 이 사실이 전해질 터. 당분간 황도가 꽤 시끄러워질 것이다. 졸렬한 복수가 이어질 수도 있겠으나, 일단은 눈엣가시 같은 존재가 사라졌다는 사실에 학생들은 축제 분위기였다.

무엇보다 이사장의 빠른 일 처리 능력에 다들 감탄을 금치 못했다. 덕분에 일라이가 지나가는 곳마다 찬사와 박수가 끊이지 않고 쏟아졌다. 당연히 그럴 때마다 녀석의 얼굴은 죽상이 되었다.

"라이, 너희 아버지 대박 멋있다! 진짜 짱이야!"

"천하의 자레드 놈을 한칼에 제거하시다니, 나 완전 반한 거 있지!"

"이제 보니 라이 네가 아버지를 닮은 거였더라! 부자가 너무 쌍으로 완벽한 거 아니니?"

"앞으로 이사장님 매일 출근하셨으면 좋겠다! 오늘부터 내 삶의 이유는 이사장님이야!"

"꺄악, 손 한 번만 잡아 봤으면!"

일라이의 안색이 갈수록 칙칙해졌다. 하루 사이에 다크

서클이 턱 밑까지 내려와 녀석의 미모를 죽이고 있었다.

"라이, 귀담아듣지 마. 다들 잘 몰라서 하는 소리야."

친구들이 일라이에게 칭찬을 날릴 때마다 바율은 가슴이 조마조마했다. 이사장실에서처럼 녀석이 흥분해 소리를 치기라도 할까 봐 겁도 조금 났다.

"그래도 난 네 아버지 다시 봤다. 기대 이상이야."

일라이가 발걸음을 멈췄다. 그가 다시 얘기해 보라는 듯 퀸을 향해 눈을 부릅떴다.

"빠르게 대처를 잘하셨잖아. 내가 본 인간 중에서 가장 명쾌하던데?"

"퀸⋯⋯!"

"내가 뭐 못할 말 했어? 잘한 건 잘했다고 말하는 게 맞는 거 아닌가?"

"누가 그걸로 뭐래?"

일라이가 퀸에게 바투 다가서며 나지막이 경고했다.

"다시는 내 앞에서 그자를 아버지라고 부르지 마. 내 아버지는 죽었어."

"아, 그건 내가 실수했다. 여러 호칭 중에 그냥 생각나는 대로 말했을 뿐이야. 정정할게."

아버지를 내내 부정하는 녀석을 보고서도 호칭을 바꾸지 못한 건 명백한 퀸의 실수였다. 그가 빠르게 잘못을 인정하고 사과했다.

"뭐라고 부르는 게 좋겠어? 이사장님? 아니면 라예가르?"

"너희 좋을 대로."

"이사장님이 낫지 않을까?"

바율이 조심스레 의견을 꺼냈다.

"이름을 불러 주길 원하셨잖아. 그게 편하시다고."

"그런데……?"

"라이를 괴롭히시는 게 난 좀 얄밉거든."

"…그러니 원하는 대로 해 주지 말자?"

끄덕.

"너 바율 맞아?"

퀸이 웃음을 터뜨리며 바율의 머리에 손을 얹었다.

"어떻게 너한테서 이런 생각이 튀어나왔지? 그만큼 이사장님이 심했다는 건가?"

"심하다는 말로는 부족하지. 너희는 아직 그자의 진면목을 보지도 못했어."

일라이가 치가 떨린다는 듯 허공을 노려보았다.

"그래도 고맙네. 그런 이유라니. 역시 바율, 너밖에 없다!"

아버지를 만나고 처음으로 일라이의 입가에 미소 비슷한

것이 지어졌다.

"망할 에이단 자식은 친구라는 게 내 처지를 다 보고서도 주말에 그자 집에 가고 싶다고 난리잖아. 이거 절교할 만한 사유 아니냐?"

"에이단도 사실은 안 가고 싶은 마음이 더 클 거야. 잉그리드 때문에 그렇지."

"근데 탈피를 못 했다는 게 무슨 말일까? 그건 나도 궁금해서 말이야."

잉그리드는 피그미부엉이였다. 뱀이나 곤충 따위가 성장하며 허물을 벗고 나오는 것을 보통 탈피라고 하는데, 그들이 아는 한 피그미부엉이에겐 그런 습성이 없다.

"도서관에라도 가서 뒤져 볼까?"

"에이단이 벌써 찾아봤겠지."

도서관에서 일하는 근로 장학생이니 진즉 시도해 봤을 것이다.

"잉그리드에게 따로 물어봤는데 답이 없대. 그래서 궁금해서 미칠 지경인가 봐."

"진짜 이사장님한테 물어보는 수밖에 답이 없는 건가?"

"싫다니까! 안 돼! 절대로 안 가!"

이제는 익숙해질 대로 익숙해진 격한 반응이었다. 퀸이 잠시 눈치를 살피다가 물었다.

"라이, 이사장님이 아는 거 많다고 하지 않았어?"

"그건 왜 묻는데?"

불안함과 수상함이 뒤섞인 눈빛으로 일라이가 반문하자 퀸이 어제부터 묻고 싶었지만 차마 그럴 수 없어 참고 있던 질문을 최초로 꺼냈다.

"혹시 정령에 대해서도 알고 있지 않을까 해서."

"…정령?"

"네가 아는 정령에 관한 지식, 그거 이사장님에게서 들은 거 아니야?"

맞다. 인정하기 싫지만, 일라이가 아는 모든 건 라예가르에게서 나왔다. 그에게 배우고 학습당했다.

"대답 못 하는 거 보니 맞나 보군."

"아무리 마법사라지만 오래전 멸망한 정령에 대해서도 알고 계시고, 엄청 대단하신 분인가 보다."

"능력 하나는 알아주지. 그래서 더 꼴 보기 싫어."

라예가르보다 나은 존재. 그를 꺾을 수 있는 위치가 되는 게 현재 일라이가 가장 소망하고 바라는 것이었다.

"바율도 정령석을 찾아야 하잖아. 남은 두 정령도 만나야 하고, 이왕 이렇게 된 거……."

"거기까지."

일라이가 단칼에 퀸의 말을 잘랐다. 평소 퀸에게서 결코 들어 볼 수 없는 매우 상냥하고 다정한 말씨였지만, 일라이에겐 씨도 안 먹혔다.

"난 싫다고 여러 번 말했다. 정히 가려거든 너희끼리 가. 난 상관 안 할 테니까."

"라이, 그게 무슨 소리야! 너희 집에 가는 건데 네가 빠지면 어떡해!"

"우리 집 아니고 그자 집."

말 똑바로 해라.

뒷말은 없었지만, 표정만으로 그 뜻을 알아듣기엔 충분했다.

뎅뎅뎅—

그때 수업 종이 울리자 일라이가 화들짝 놀랐다.

"근데 우리 지금 어디 가는 거냐? 무슨 시간이지?"

"네가 정말 정신이 없기는 없구나."

모범생인 일라이를 이렇게까지 뒤집어 놓았다는 건 그의 아버지가 절대 보통은 아니라는 뜻이었다.

"라이, 네가 좋아하는 지리학 수업이야. 블레이크 교수님 시간."

"상태가 그래서 집중할 수 있겠냐?"

2.

역시나 우려했던 대로였다. 일라이는 수업 내내 반쯤 넋이 나간 사람처럼 책을 내려다보기만 할 뿐, 집중하지 못했다. 나름 재밌어하던 지리학 시간인데, 일라이에게 신경이 쓰인 나머지 바율도 도무지 공부할 맛이 안 났다.

그래서였을까.

"오늘 전체적으로 되게 산만하네?"

블레이크 교수가 지휘봉을 탁 내려놓았다.

"내 수업 재미없니?"

"아니요. 교수님 수업은 늘 최고죠."

"그럼 뭐가 문제인데?"

"시간이요. 밥 먹고 났더니 너무 졸려요."

여기저기서 기다렸다는 듯 하품 소리가 끊이지 않고 새어 나왔다.

다가오는 여름, 투명한 창문 아래로 뜨거운 햇살이 쏟아진다. 시간은 막 점심 식사가 끝난 4교시 수업.

"에휴. 그럼 오늘 수업은 여기까지 하고, 옛날얘기나 해 볼까?"

결국 블레이크 교수가 한숨을 내쉬더니 책을 덮었다.

"교수님, 무서운 이야기 해 주세요!"

"잠이 확 달아날 수 있는 그런 거요!"

"무서운 거?"

아이들의 요청에 블레이크 교수가 미간을 모으며 잠시 생각에 잠겼다. 그러던 그녀가 '아!' 하며 뭔가를 떠올렸다.

"너희, 내가 라노스에 대해 얘기해 준 적 없지?"

"라노스요? 그게 누군데요?"

"광룡 라노스. 미친 드래곤 라노스. 다들 처음 듣나?"

저마다 고개를 갸웃거리는 게 모르는 눈치들이었다.

"하긴, 오백 년도 전에 일어난 일이니까 모를 수도 있겠네."

"드래곤이 왜 미친 건데요? 독풀이라도 먹었대요?"

한 아이의 말에 학생들이 키득거렸다. 천하의 드래곤이 독풀 따위에 영향을 받는다는 게 가당키나 한 소린가. 드래곤이 들었다면 기가 막혀서 녀석을 향해 브레스를 뿜어냈으리라.

"난폭한 성정 때문에 수식어가 그리 붙은 거지, 실제로 미친 건 아니란다. 그저 사납고 거칠었지. 철이 없었다고 해야 할까?"

"철이 없어요?"

"라노스의 나이가 한 천여 살 정도 되었을 때였던가? 드래곤으로 치면 매우 젊은 축에 속하지. 혈기 왕성한 이십 대 청년으로 생각하면 될 거다."

"헐, 천 살이나 되는데 이십 대 청년이라고요? 말도 안 돼요!"

"드래곤의 수명이 만 년이 넘는다는 건 세 살짜리 어린 아이도 아는 사실이지 않니, 바튼?"

블레이크 교수가 미소를 잃지 않은 채 계속 말했다.

"피 끓는 청춘이었던 라노스는 하루하루가 너무 심심했단다. 그래서 어느 날 인간 세상에 내려와 몰래 사람들과 섞여 살았지."

"유희를 했다는 말씀이죠?"

"그래, 오랜 세월을 사는 드래곤들은 가끔 다른 모습으로 변해서 새로운 인생을 살기도 하잖니? 광룡 라노스도 그런 유희를 시작한 거야."

그러다 일이 터진 게 문제였다. 참을성이 유독 없는 편이었던 라노스가 인간을 죽인 것이다. 그는 가차 없었다.

기분을 상하게 했다.

앞길을 막았다.

물건을 주지 않았다.

등등의 각종 이유로 인간들을 무참히 학살했다. 연쇄 살인마의 등장에 당연히 세상은 발칵 뒤집혔고, 라노스는 쫓기기 시작했다.

인간은 뭉치면 강해진다. 집단으로 덤벼드는 힘을 이겨내지 못한 라노스는 결국 위험에 처하자 본신을 드러내고 한 도시를 그대로 말살시켰다. 드래곤의 절대적인 힘, 브레스를 뿜어낸 것이다.

그것이 시초였다. 감히 자신에게 맞섰다는 이유로 인간을 미워하기 시작한 라노스가 마셰와 결탁해서 본격적으로 인간계를 공격한 것이다.

"드래곤은 원래 마족을 방어하기 위해 만들어진 존재가 아닌가요?"

듣다 보니 블레이크 교수의 이야기에 빠져들었다. 바율이 자신이 알고 있는 지식과 상반되는 얘기에 손을 들고 말하자 블레이크 교수가 엄지와 검지를 모아 동그라미를 만들었다.

"바율, 잘 알고 있구나. 그렇단다. 마족에게서 우리 인간을 지키는 게 원래 그들의 임무이지."

"근데 왜 결탁을 해요? 나쁜 드래곤이라서 그런 건가요?"

배신감에 찬 듯한 목소리로 한 여학생이 묻자 블레이크 교수가 어깨를 으쓱였다.

"글쎄, 그건 라노스만이 알겠지. 혼자서 인간계를 말살

시키려니 힘들어서 그랬을 수도 있지 않을까?"

"파괴된 도시가 엄청났겠네요."

"도시가 아니다."

"네?"

"많은 나라가 대륙에서 사라졌지. 우리 폴스카 제국은 운이 좋았단다. 발원지가 꽤 멀었거든."

드래곤 하나 때문에 국가가 사라졌다. 그것도 하나가 아니라 많은 나라가. 어마어마하면서도 끔찍한 일이었다.

"그런데 무슨 드래곤인가요? 블랙? 화이트? 설마 아직도 살아 있는 건 아니죠?"

"그랬으면 우리가 여기에서 이렇게 수업을 하고 있을 수 없었겠지? 라노스는 죽었단다. 다만 어떻게 죽었는지는 전혀 밝혀진 바가 없고. 그는 레드 드래곤이었어."

"마족은요? 마족들은 어떻게 되었는데요?"

"그들도 마찬가지로 어찌 되었는지 모른다. 한꺼번에 전부 사라졌거든. 그걸로 우리 인간계에는 평화가 찾아왔지. 워낙 오래된 일이기도 하고, 난리 통에 대부분의 자료가 파괴되었기 때문에 자세한 건 알 수가 없다. 어떤 희대의 영웅이 라노스를 무찔렀는지 나도 참 궁금하구나."

그때도 아버지와 같은 분이 있었다는 게 다행이었다. 지금 현실에서 그와 같은 일이 벌어진다면 어떻게 되는 걸까.

상상만 해도 절로 소름이 돋는다.

"…라이?"

그런데 언제부터였을까? 책상 위에 올려진 일라이의 손이 가느다랗게 떨리고 있었다. 바율이 놀라서 돌아보니 이마와 목에 송골송골 땀이 맺혀 있다.

"괜찮아? 어디 아픈 거야?"

"…조용."

속닥이는 바율의 물음에 일라이가 떨리는 손을 움직여 바율의 팔목을 잡았다.

"곧…… 나아질 거야."

그러니 괜한 관심 끌지 마.

이 이상 시끄러워지는 건 싫었다. 이대로 가만히 있으면 금방 좋아질 것이다. 늘 그래 왔듯이 참아 내야 했다.

바율이 주변을 힐긋 돌아보니, 퀸 역시 이상함을 감지했는지 눈빛이 어두웠다.

'라이……'

당장 신전에라도 데려가고 싶었지만, 싫다는 걸 억지로 끌고 갈 수는 없다. 바율이 할 수 있는 거라고는 떨리는 녀석의 손을 잡아 주는 일뿐이었다.

3.

밤마다 아지트에서 실랑이가 벌어졌다. 훈련은 뒷전이었다. 오두막 소파에 둘러앉아 주말에 이사장의 집에 갈 것인지 말 것인지를 두고 일라이와 에이단이 설전을 펼쳤다.

바율과 로건은 주로 듣는 편이었고, 퀸은 간간이 정령을 들먹이며 에이단의 뜻에 동조했다.

바율의 느낌이지만 일라이는 주말이 다가올수록 초조해하는 것 같았다. 아버지를 다시 만나는 것이 꽤 큰 스트레스인 듯 어떡해서든 피하고 싶은 눈치였다.

"라이, 나도 이런 강요 네게 하고 싶지 않아. 이사장님 같은 분 나도 질색이거든. 우리 집에도 그런 사람이 둘이나 있다."

"갑자기 그건 또 무슨 소리냐?"

라예가르가 두 명이라니. 일라이는 순간 오싹 소름이 돋았다.

"날 괴롭히는 인간이 내 집에도 둘이나 있다고. 그래서 네 심정 십분 이해해."

"혹시 네가 맨날 말하던 악마 어쩌고 그거냐?"

"어, 넌 하나지만 난 둘씩이나 된다니까."

그러니 제발 마음을 바꿔 주지 않을래?

에이단이 초롱초롱한 눈망울을 들어 친구에게 애원했다. 물론 일라이에겐 씨알도 먹히지 않았다.

"그건 이유가 될 수 없어. 네가 더 불행하다고 해서 내 불행을 깎아내리는 건 큰 실례지."

"난 그냥 널 이해한다고 말하고 싶었을 뿐이야. 네가 정 싫으면 단념할 거라고."

"웃기시네. 가자고 그렇게 난리를 칠 땐 언제고, 어울리지 않게 웬 착한 척?"

"물론 설득을 해 볼 만큼 해 본 후에 말이지. 아들인 네가 안 가겠다는데, 내가 별수 있냐? 궁금해도 하는 수 없지."

에이단이 구석에서 이노센트와 물방울 터뜨리기 놀이를 하고 있는 잉그리드를 근심 어린 눈으로 바라보았다. 이제 껏 한 번도 속 썩인 적이 없는 녀석인데, 그의 말을 들은 이후로는 줄곧 마음이 쓰인다.

"잉그리드는 어디서 데려온 건데? 피그미부엉이가 쉽게 볼 수 있는 종은 아니잖아."

"몰라, 나도."

"모른다고?"

"응, 아버지 가방에 딸려 왔거든."

5년 전이던가. 출장이 잦은 아버지가 거의 반년 만에 집에 돌아오셨을 때, 난데없이 가방에서 작은 새 한 마리가 튀어나왔다. 그게 잉그리드였다.

"헐, 가방엔 왜 들어간 거지? 아니, 뭐 어쩌다가 들어갔다고 쳐. 거기서 뭐 먹고 어떻게 지냈대?"

"난들 아냐. 암튼 그때부터 나랑 같이 살게 된 거야. 저 녀석이 피그미부엉이란 것도 도감 보고 알았어."

"아버지께 출장지를 여쭤보면 되는 거 아니야? 어디 다녀오셨는지 알면 뭔가 실마리가 잡힐 것 같은데."

바율의 물음에 에이단이 소용없다는 듯 대꾸했다.

"너무 많아. 한두 곳이 아니더라고."

에이단의 가문은 상인 집안이었다. 은퇴하신 할아버지는 저택에서 유유자적한 삶을 지내고 계시지만, 맏아들인 에이단의 아버지는 몸이 열 개라도 부족할 만큼 바쁜 사람이었다. 집보다 밖에서 지내는 시간이 더 많을 정도로 얼굴 뵙기가 힘든 분이기도 했다.

"이건 그냥 내 짐작인데, 남쪽의 밀림 지대가 아닐까 싶긴 해."

"남쪽 밀림?"

"거기라면 혹시 망각의 지대 말이야? 드와이어트 제국이 있는?"

망각의 지대란 대륙의 남단에 위치한 거대한 밀림 구역이었다.

인간을 포함해서 세상에 알려지지 않은 위험천만한 동식물들이 살아 가는, 대륙 최고의 무법 지대.

그곳에 들어가면 모든 것을 잊고 오로지 생존만을 생각하게 된다고 해서 고대부터 망각의 지대라 불리고 있었다.

엄청난 황금 도시가 숨어 있다는 설부터, 인간을 사랑한 죽음의 신이 불멸의 비밀이 담긴 무언가를 밀림 어딘가에 감춰 났다는 둥 여러 기이한 이야깃거리가 넘쳐나는 곳이었다.

그래서 해마다 수많은 모험가와 탐험가가 망각의 지대로 향하지만, 대부분은 소식이 끊기거나 살아 돌아오지 못했다. 간혹 생겨나는 생존자들은 반미치광이가 되거나 망각의 지대는 인간이 가서는 안 되는 곳이라며 밀림의 입구를 막는 파수꾼이 되기도 하였다.

"아버지가 망각의 지대에 다녀오신 건 아니지만, 그 근처를 지나셨다고 들었거든. 도감에서도 피그미부엉이는 밀림에서만 서식한다고 쓰여 있고. 뭐, 일단은 내 추측일 뿐이야."

"드와이어트 제국과도 교역을 하는구나."

십년전쟁은 끝났지만, 여전히 두 제국은 냉전 사이였다. 무력 대립만 없을 뿐 언제든 서로를 향해 칼을 들이댈 수 있는 긴장 상태다.

"활발하지는 않지만 하기야 하지. 우리도 그쪽도 서로 필요한 것들이 있으니까."

"어쨌든 네 짐작이 맞는다면 굉장히 멀리서 온 거네."

"그런 셈이지."

"망각의 지대라고 하니까 진짜 뭔가 있을 것 같기도 하다. 탈피라는 걸 하면 막 괴물로 변신하고 그러는 거 아니야?"

"야, 괴물이라니! 우리 잉그리드의 어디를 보고 그런 막말을 내뱉냐? 라이, 너 죽을래?"

"아이, 깜짝이야! 왜 소리는 지르냐? 무서워서 무슨 말을 못 하겠네. 난 그냥 변신수가 떠올라서 그랬지!"

"변신수? 그게 뭔데?"

"넌 변신수도 모르냐?"

일라이의 핀잔에 답한 건 로건이었다. 묵묵히 자리를 지키고만 있던 그가 처음으로 입을 뗐다.

"…파괴의 샘물을 마신 변종 몬스터."

"뭔 몬스터?"

이상한 단어에 에이단이 인상을 찌푸렸다. 이름부터가 상당히 마음에 들지 않았다.

"그런데 변신수는 마계에만 존재하는 생물 아니었던가?"

"이론상으로는 그렇지. 로건 네가 거기까지 다 알고 있고 신기하네?"

"파괴의 샘물은 뭐고 마계는 또 뭔데? 너희끼리만 소통하지 말고, 나한테도 좀 알려 주지 않으련?"

그렇지 않으면 나 폭발한다?

에이단의 기세에 일라이가 '워워' 진정시키며 설명했다.

"파괴의 샘물이라는 건 마계에 있는 물이야. 우리가 일반적으로 알고 있는 평범한 물이 아니라, 독극물이 흐르는 샘물이지. 그걸 마시면 대부분 죽게 되는데, 간혹 살아남는 것들이 있어. 죽음을 면한 대신에 몰골은 흉측하게 변하지만, 능력은 비약적으로 상승하지."

"힘이 세어진다는 뜻이야?"

"응, 아주 희박한 확률로 생겨나기 때문에 마족들 사이에서 인기가 높아. 저급한 마족 놈들에겐 애완동물로 키우기 딱이거든."

"어째 그 말투는 우리 잉그리드까지 모욕하는 것 같아서 기분이 좀 그렇다? 라이, 네가 마족이라면 질색하는 거 아는데, 말은 좀 가려 가면서 해 줄래?"

에이단이 몹시 불쾌하다는 듯 매서운 눈빛을 쏘았다.

"내가 언제 잉그리드 보고 변신수라고 했냐? 그냥 변신수가 생각나서 한 말이라니까. 마계 생물이 여기 인간계에 어떻게 나타나겠냐? 말도 안 되지."

"마족 따라서 올 수도 있지, 왜 못 와? 애완동물이라며!"

합리적인 추측이었다. 생각지도 못한 에이단의 반론에 일라이가 주춤거리자 친구들의 시선이 일제히 그에게로 쏠렸다.

"니, 니들 왜 그렇게 보는 건데? 저리들 눈 안 치워?"

"넌 잉그리드가 불쌍하지도 않냐?"

"얘기가 왜 그렇게 흘러가는데?"

"저렇게 작은 녀석이 부모랑 멀리 떨어져서 얼마나 외롭겠냐? 이참에 잉그리드의 정체성을 좀 찾아 주겠다는데 협조 좀 하면 안 돼?"

"자기가 궁금한 거면서 정체성은 무슨!"

일라이가 어처구니없다는 듯 소리쳤다.

"그리고 나는? 나는 안 불쌍하냐? 학대에 시달리다 겨우 탈출했는데 다시 또 그 소굴로 들어가라고? 너무한다는 생각 안 드냐?"

"우리가 같이 가 준다잖아. 절대 너 혼자 안 놔둘게!"

"잉그리드와 정령에 대한 것만 알아낸 다음에 쏙 빠져나오면 되지 않겠어?"

"라이, 네 옆에 꽉 붙어 있어 준다니까!"

결국 도돌이표였다. 에이단과 퀸이 포기하지 않고 부득 부득 일라이를 설득했다.

"나, 나도 돕겠다……."

그때 갑자기 쉰 목소리가 끼어들었다. 어느 틈에 나타났는지 셰임이 고개를 푹 숙인 채 용기 내어 말했다.

"…셰임?"

의아함도 잠시, 일라이가 바율을 획 돌아봤다.

"바율, 너도 가고 싶구나? 셰임이 그걸 알아채고 이러는 거지, 지금?"

정령인 셰임은 바율과 감정을 공명한다. 어떤 상황에서도 바율을 돕고 싶어 하는 그의 마음이 오늘도 여지없이 드러나고 있었다.

"아니, 난 꼭 그런 게 아니라……."

당황한 바율은 얼버무렸다. 민낯을 들킨 것 같아 얼굴이 벌게졌다.

"바율 입장에서야 가고 싶은 게 당연하지. 명색이 정령사인데 정령에 대해 아는 게 너희들보다 없잖아. 근데 라이, 네가 싫다니까 참고 있었던 거지."

"네게는 정말 안된 일이지만, 이사장님은 현재 우리에게 너무나 필요한 존재야. 정령석 찾아야 하는 거 잊은 거 아니지?"

"바람의 정령도 불러내야 하는 거 까먹으면 안 된다. 어휴, 그때 바람의 정령 아니었으면 어떻게 되었을지. 생각도 하기 싫다."

"나도…… 할 수 있었다."

조용하던 셰임이 다시 한마디 했다. 그 덕에 일라이는 반박할 타이밍을 놓쳤다.

"셰임, 무슨 소리예요?"

"그 아이…… 살리려고 했다…… 네가 그러길 원했다……."

"나단을 살리려고 했다는 뜻이에요? 셰임이?"

"바람의 정령이…… 끼어들었다."

나단이 추락할 땅의 부분을 푹신하게 바꾸어 주면 되는 일이었다. 바람의 정령이 개입한 것이 딱히 기분 나쁜 것은 아니었지만 셰임은 알리고 싶었다. 그는 언제 어디서든 바율을 위해 나설 준비가 되어 있었다.

"그러고 보니 그 바람의 정령은 지금 어디 있는 거야? 왜 안 나타나는 거래?"

말이 나온 김에 일라이가 바람의 정령에 대해 짚고 넘어가고자 했다.

"셰임처럼 수줍어서 그러는 건 아닌 것 같고, 그쪽도 성격이 좀 별난가? 이노센트가 질색할 정도면 장난 아닐 것 같은데."

"그게 좀……."

대답하기 껄끄러운지 안 그래도 수그러진 셰임의 고개가 더 밑으로 내려갔다. 이번에도 속 시원히 알아내기는 틀린 모양새였다.

"라이, 애먼 셰임 잡지 말고 하던 얘기나 마저 끝내지? 지금 그게 중요한 게 아니잖아."

"난 이미 수없이 말했다. 싫다고."

"진짜 싫어?"

"어! 완전 싫어!"

단호해도 이보다 더 단호할 순 없을 것이다. 잠시 일라이를 말없이 쳐다보던 에이단이 결국 포기를 선언했다.

"알겠다. 그만할게."

"…진심이냐?"

"여기서 더 졸랐다간 너한테서 욕 나올 것 같아서 그런다."

"오, 눈치 빠른데?"

일라이가 부러 과장된 표정을 지으며 미안함을 표했다.

"니들이 나 좀 이해해 주라. 내가 다른 부탁이라면 뭐든 다 들어줄 수 있는데, 이것만은 도무지 그럴 수가 없다. 내 심정 너희는 모를 거야."

지금이 기회라 여겼는지 이후로 장장 한 시간이 넘도록 일라이가 하소연을 늘어놓았다.

4.

그러나 정작 토요일 오후.

일라이는 물론 친구들 전체가 이사장의 저택 앞에 서 있었다. 절대로 가지 않겠다며 몸부림을 치던 녀석이 당일이 되자 돌연 마음을 바꾼 것이다.

"갑자기 마음이 왜 바뀐 거냐?"

"너희는 알 거 없어."

이글이글 불타오르는 눈빛으로 보아 이사장 쪽에서 녀석이 결코 거부할 수 없는 모종의 수를 쓴 것이 틀림없었다. 능력 하나는 알아준다고 하더니 아들을 다루는 솜씨도 보통이 아니었다.

"그나저나 무슨 집이 이렇게 크냐? 비좁다고 하지 않으셨어?"

마차에서 내린 일행을 맞은 건 한눈에 다 담기에도 벅찬, 거대한 대저택이었다. 좁지만 나름 지낼 만하다던 라예가르의 말이 떠올라 다들 어이없어하는데, 일라이가 혀를 차며 말했다.

"급하게 구했나 봐. 수준 떨어지게 집이 왜 이 모양이래?"

"…뭐?"

"빨리 해치우고 나오기다."

일라이가 만반의 전투태세를 갖추고 앞장서 걸어갔다.

"그 아버지에 그 아들 맞네."

에이단의 중얼거림에 다들 동의한다는 듯 고개를 끄덕이다가, 차례대로 천천히 일라이의 뒤를 따랐다. 어쩐지 꽤 긴 오후가 될 것 같았다.

Chapter 3.
비가 내리던 날

1.

"란데르트 백작님, 이쪽입니다!"

밤낮으로 내리는 비 때문에 행군이 느려지고 있었다. 땅은 너무 질척거렸고 시야 확보도 어려웠다. 무엇보다 병사들의 건강 상태가 걱정이었다. 벌써 상당수가 계속된 비로 인해 저체온증을 호소하고 있었다.

"작은 마을이지만 잠시 비를 피하기엔 무리가 없을 것 같습니다!"

"오늘 밤은 여기서 묵지."

란데르트 백작의 지시가 떨어졌다. 마을 광장에 즉시 천막이 쳐지고 불씨가 피어올랐다.

"부상병부터 챙기도록 하라."

초여름이지만 비가 더해진 밤은 쌀쌀하다. 부상병들이 자칫 감기에라도 들면 곤란해진다. 단 한 명의 낙오자 없이 무탈하게 복귀하는 것이 란데르트 백작의 최우선 과제였다.

"오늘 식사는 3군단부터다."

"부족한 모포는 마을에서 잠시 빌려 오되 예의를 꼭 지키도록!"

만월 기사단의 명령 하에 병사들이 빠릿빠릿하게 움직였다. 그제야 소식을 전해 들은 듯 마을 촌장이 비를 뚫고 달려 나와 란데르트 백작에게 예를 올렸다.

그는 긴장한 기색이 역력했다. 지금은 전시 상황이다. 이같이 작은 마을에서 아군과 적군을 구분하는 기준은 딱 하나였다. 자신들에게 해코지를 하느냐, 아니냐.

싸울 수 있는 성인 남자는 이미 모두 징집되었고, 마을엔 힘없는 노인과 아녀자들뿐이었다. 두려워하는 게 당연했다.

"하룻밤만 신세 지도록 하겠습니다."

"마, 말씀 낮추십시오! 귀하신 분께서 어찌 미천한 제게 존대를 하십니까! 그, 그러지 마십시오!"

마을 촌장은 나이로 치면 란데르트 백작에게 거의 아버지뻘이었다. 무심코 버릇처럼 튀어나온 존댓말에 상대가 기겁하자 백작이 씁쓸하게 웃으며 말했다.

"염치없지만 부족한 식량과 모포를 좀 부탁해도 되겠나?"

"그럼요! 여부가 있겠습니까! 당장 아낙들에게 알려 내오도록 하겠습니다!"

"그럴 필요 없네. 병사들이 찾아가면 그저 조금씩 나눠주기만 하면 된다네."

오랜 전쟁으로 이곳 마을 역시 먹거리가 충분치 않을 것이다. 그걸 다 알면서도 내어 달라 청할 수밖에 없는 처지인 것이 백작은 못내 미안했다.

"누추하오나 란데르트 백작님만이라도 소인이 안으로 뫼시겠습니다."

"아닐세. 말만이라도 고맙네."

"어이쿠, 당연한 일이 아니겠습니까. 그런 말씀 거두어 주십시오!"

란데르트 백작의 고맙단 인사에 마을 촌장이 펄쩍 뛰었다. 백작은 몰랐지만 몇 해 전 대우가 시원찮았다는 이유로 어느 귀족에게 마을 주민 전체가 호되게 당한 적이 있었다. 이후로 촌장은 귀족이라면 무조건 굽실거려야 한다고 스스로 체득하였다.

단 한 번의 패배도 없이 모든 전쟁을 승리로 이끌고 있는 제국의 구세주, 바세리스 혼 란데르트 백작.

무적의 만월 기사단과 함께 혜성같이 등장한 그의 성품이 실력만큼이나 올곧다는 명성은 마을 촌장 역시 익히 들어 알고 있다만, 현실은 소문과 매우 다를 수 있다는 것 또한 알만큼 살아왔다.

　그들처럼 약한 이들은 납작 엎드리는 것만이 본인과 가족을 지키는 유일한 방법이었다.

　"제국의 영웅이신 분을 아무렇게나 모실 수는 없습니다. 이런 사실이 세간에 알려졌다간 자손 대대로 손가락질받을 일이죠!"

　그런 일이 절대로 일어나서는 안 된다며 촌장이 사정사정했다.

　"멀지 않은 곳에 작지만 괜찮은 온천탕이 있습니다. 오늘같이 궂은 날씨에 굳은 몸을 푸시기엔 아주 최적의 장소이지요. 그곳에서 몸을 녹이고 계시면 소인이 술과 음식을 준비하도록 하겠습니다."

　"술과 음식은 되었네."

　"괘념치 마십시오. 소인이……."

　"내게 대접할 술과 음식이 있다면 병사들에게나 더 나누어 주게나."

　촌장의 말을 자르는 란데르트 백작의 말투는 이전보다 훨씬 단호했다. 이쯤 되면 더 권하는 것이 실례였다. 당황한 촌장이 어찌할 바를 몰라 눈알만 뒤룩뒤룩 굴리자 란데 르트 백작이 덧붙였다.

"대신 온천탕은 마음이 좀 동하는군."

반은 촌장의 마음을 편하게 해 줄 요량이었고, 반은 진심이었다. 이번 전투는 란데르트 백작에게도 꽤 피곤한 싸움이었다. 승리했지만 잃은 것이 많았고, 무엇보다 죄 없는 양민이 휩쓸려 죽임을 당했다. 백작은 그 점이 가장 안타까웠다.

"소인이 안내하겠습니다! 따라오시지요!"

백작의 허락에 촌장이 이보다 더 기쁠 순 없다는 듯 반색하며 급히 서둘렀다. 그를 따라 백작이 향한 곳은 마을 뒷산 어귀에 위치한 작은 노천탕이었다.

천장은 뻥 뚫려 있지만, 사면이 바위와 나무로 둘러싸인 제법 아늑한 곳이었다. 여전히 비가 내리고 있어 오래 있을 순 없겠으나, 오랜만에 따뜻한 물에 몸을 담글 생각을 하니 기분이 좋았다.

"그럼 소인은 이만 가 보겠습니다. 부디 좋은 시간 보내십시오."

말의 뉘앙스가 어쩐지 좀 이상했다. 뜻 모를 미소까지 지으며 물러나는 촌장을 잠시 고개를 갸웃하며 보던 란데르트 백작은 이내 잡생각을 버리고 검을 내려놓았다.

그러길 잠시 후.

백작이 우비를 벗고 상의를 막 탈의하기 전, 노천탕의 입구 쪽에서 인기척이 들렸다. 마을 촌장은 아니었다. 걸음걸이로 보아 여인이었다.

'기어이 술과 음식을 내오는 것인가.'

란데르트 백작의 미간에 주름이 갔다. 촌장이 사라지자마자 나타났으니 이미 사전에 얘기가 오간 것이 분명했다.

'못 말릴 사람이군.'

이해가 아주 안 가는 것은 아니었지만, 또 한 번 거절을 하게 생겼으니 귀찮게 되었다.

'목욕은 물 건너갔구나.'

백작이 주섬주섬 다시 옷을 입으려는데 불청객의 걸음이 좀 더 빨랐다.

"……!"

그리고 그의 예상은 보기 좋게 빗나갔다. 발걸음의 정체가 여인임은 맞았으나 그녀의 손에는 술과 음식이 들려 있지 않았다.

달빛 아래, 차가운 비를 맞으며 모습을 드러낸 청초한 여인.

란데르트 백작은 그녀를 보고 생애 처음으로 벼락을 맞은 듯한 기분에 휩싸였다.

매우 젊고 아름다운 여성이었다. 그녀의 깊고 순수한 파란색 눈동자에서 도저히 눈을 뗄 수가 없었다. 푸른빛이 감도는 긴 머리가 둔부까지 흘러 내려와 그녀의 가는 어깨와 등을 감싸고 있었다.

작고 새하얀 얼굴에는 백작을 향한 호기심이 잔뜩 어려 있다. 신기하다는 듯 백작을 관찰하던 그녀가 어느 순간 방긋 웃음을 지었다.

넋이 나갈 만큼 매혹적인 미소였다. 지금 이곳에 그녀가 왜 있는지는 중요하지 않았다. 그저 만났다는 사실이 중요했다.

란데르트 백작과 여인은 그러고 한참이나 서로를 바라보았다. 신분도, 이름도, 아무것도 묻지 않은 채 오래도록 서로를 그렇게 보고만 있었다.

2.

"공작 전하! 공작 전하!"

애타는 수하의 음성에 란데르트 공작은 퍼뜩 현실로 돌아왔다.

"무슨 생각을 그리하십니까? 한참을 불렀습니다."

자신이 함께 있다는 걸 잠시 잊기라도 한 듯한 주군의 모습에 사다드가 짐짓 걱정스럽다는 듯 낯빛을 굳혔다.

"그냥 잠시 옛날 생각이 났을 뿐이다. 아픈 데 없으니 그런 눈으로 볼 것 없다."

해밀턴엔 여전히 많은 비가 내리고 있었다. 그 창밖을 보며 주군이 무엇을 떠올리셨을지 어려서부터 수행 기사였던 그가 모를 리 없다.

하나 사다드는 절대 아는 척하지 않았다. 그는 공작 부인을 직접 뵌 적이 손에 꼽을 정도로 횟수가 적었다. 그 외엔 선배들에게 대충 전해 들은 것이 다였다.

무엇이 신경 쓰이건 간에, 주군의 아픈 상처를 건드리는 건 수하로서 해서는 안 될 일이었다.

"근데 무슨 일이지?"

창에서 완전히 시선을 뗀 공작은 본연의 냉철한 모습으로 되돌아가 있었다.

"이언 선배에게서 서찰이 도착했습니다. 제 보고 이전에 이것부터 먼저 보시는 게 좋을 것 같습니다."

"특별한 내용이라도 있는가?"

"파장이 좀 클 것 같습니다."

"뭔데 그렇게 밑밥을 깔지?"

란데르트 공작이 손을 내밀자 사다드가 둘둘 말려진 종이를 건넸다.

란데르트 공작 전하께.

이언입니다. 지금쯤이면 황궁에서 일을 마치고 해밀턴에 복귀하셨을 것 같아 급히 서신을 띄웁니다.

오늘 자로 자레드 공자가 아카데미에서 영구 제명되었습니다. 정학 중인 녀석이 패거리들과 함께 학생 하나를 심하게 손대는 바람에, 그 학생이 대낮에 자살 시도를 하였다고 합니다.

다행히 다친 곳은 없지만, 정신적인 충격이 커 한동안 신선에서 치료를 받아야 하는 상황입니다.

때마침 아카데미 이사장이 방문하였는데, 금번 폭력 사태를 깨끗이 정리하고자 관련된 모든 학생을 퇴학 조치하기로 결정을 내렸다는군요.

당분간 상당히 시끄러워질 것 같습니다. 불명예를 안았으니 어느 정도의 보복이 뒤따르리라 전망됩니다.

참고로 이 모든 사태를 깔끔히 정리한 이사장이란 자가 바율 도련님의 친구인 일라이의 아버지라고 합니다. 집시 출신의 잘생긴 미남 학생을 혹시 기억하십니까? 친자는 아니고 양자라고 합니다.

이사장의 이름은 라예가르 폰세 발레리, 캐링스턴 아카데미의 최초 설립자인 발레리 백작의 7대손이라고 하더군요.

저도 따로 조사해 보겠지만, 공작 전하께서도 눈여겨 봐 주십시오. 요즘 캐링스턴 돌아가는 상황이 꽤 정신없습니다.

"오늘따라 이언의 편지가 무척 길군."

대단히 이언답지 않은 경우였다. 란데르트 공작이 편지를 넘겨 뒷장을 마저 읽었다.

다음은 저택에 관한 소식입니다.

이번에 리타의 요청으로 하인을 두 명 더 뽑았는데, 제 선에서는 판단이 잘 서질 않아서요.

원래 있던 청소 담당인 데스라는 녀석의 동생들인데, 한 명은 외팔이에 다른 한쪽은 장님입니다.

각기 요리사와 정원사가 되겠다며 찾아온 것을 바율 도련님께서 내치시지 못하고 받아 주었습니다. 실력은 좀 부족하지만, 성정은 그리 나빠 보이지 않는 녀석들입니다.

문제는 그들 형제의 정체가 좀 의심스럽습니다. 무예를 배운 것 같기도 하고, 아닌 것 같기도 하고 영 헷갈려서 말입니다.

그들을 제대로 알아보려면 란데르트 공작 전하께서 직접 오시는 수밖에 방법이 없을 것 같습니다.

명령 기다리고 있겠습니다.

이언 세비지

"정체가 의심스럽다라?"

바율의 아버지로서 가벼이 넘기기 힘든 사안이었다. 성정이 나쁘진 않은 것 같다고 서찰에 쓰여 있지만, 사람이 바뀌는 것은 한순간이다. 제국의 군사를 총괄하는 고위 사령관으로서 공작은 그런 모습을 숱하게 봐 왔다.

"직접 가 보실 생각입니까?"

"이언이 헷갈릴 정도면 다른 누가 가도 알아볼 수 없을 거야."

"도련님께 위해를 끼칠 자들이라고 여기시는 겁니까?"

"글쎄."

이언이 수상함을 느꼈다면 분명 뭔가 있는 것인데, 그만한 실력자들이 하인으로 들어왔다는 점이 이상했다. 일을 치를 거라면 방법은 차고 넘쳤다. 굳이 아랫사람으로 위장까지 할 필요가 없다는 얘기다.

"자네는 어떻게 생각하나?"

"음, 저라면 일단 지켜보도록 하겠습니다. 이언 선배가 있는데 뭔 일이 있을까 싶기도 하고, 리암 님께서 보내신 리자이, 리바이 형제도 있지 않습니까. 그들이라면 믿을 수 있지요."

사다드의 말처럼 이언이기에 믿고 바율을 맡긴 것이었다. 기사단 전체가 덤벼도 웬만한 기사단이 아니고서야 이언 하나를 버티기 어렵다. 이언은 란데르트 백작이 절대적으로 신임하는 몇 안 되는 단원 중 한 명이었다.

"그리고 진짜로 아무것도 아닐 수 있지 않겠습니까?"

"그럴 가능성은 희박하지 않을까?"

이언의 감은 공작만큼이나 정확한 편이었다.

"그래도 도련님의 안전이 염려되었다면 이런 서찰을 보낼 게 아니라, 벌써 어떤 조치를 취하셨을 겁니다. 잠시 기다려 보시는 게 어떨까요?"

"……."

란데르트 공작의 무언은 긍정의 표시였다. 사다드의 말도 일리가 있었다. 직접 그들을 볼지 말지는 이언의 다음 편지를 받고 판단해도 늦지 않을 것이다. 지금은 걱정을 잠시 미뤄 둘 때였다.

"그보다 일라이라는 아이에 대해 알아보라고 한 것은 어떻게 되었지? 그 아이가 이사장의 아들이란 것은 알고 있었나?"

"죄송합니다. 전혀 몰랐습니다."

이언의 서신을 읽다가 사다드가 가장 놀란 부분이었다.

"제가 조사한 바로는 집시로 떠돌다가 마법 재능을 인정받아 직접 시험을 쳐서 아카데미에 입학했다고 합니다. 학부 우등생에 교우 관계도 원만하고 교수들 사이에서도 평판이 무척 좋았습니다."

"내가 알고 싶었던 건 그런 게 아니야."

일라이를 본 순간 머리털이 쭈뼛 섰다. 경험상 그런 경우에는 항시 큰일이 벌어지곤 했었다. 란데르트 공작이 염려하는 바는 그것이었다.

"내가 어디서 뭘 놓치고 있는 걸까……."

"일라이의 양부인 이사장에 대해 더 파 볼까요? 발레리가가 캐링스턴 아카데미의 설립자라고 하니 조사해 보면 자료가 꽤 많이 나올 것 같긴 합니다."

"헥터 공작의 아들을 단칼에 잘라 냈다. 엄청난 불명예를 안겨 줬어. 보복이 뒤따를 것인데, 그걸 전혀 몰랐을까?"

"이사장씩이나 되어서 모른다는 건 말이 안 되죠."

"그렇지?"

캐링스턴 아카데미는 단순히 학생들에게 공부를 가르치는 곳으로만 보기 어려웠다. 제국의 미래를 이끌어 갈 인재를 양성하고, 황가와 도당에 문제가 생겼을 땐 적극적으로

의견을 표명할 수 있는 권한을 지닌, 제국에서 인정하는 최고의 아카데미였다.

그런 아카데미를 만들고, 지금까지 200년이 넘도록 지켜 온 곳이 바로 발레리 가문이다.

나랏일에는 전혀 적을 두고 있지 않지만, 공을 인정받아 귀족가로 거듭난 곳.

그런 뚝심과 자신감이 있어 헥터 공작쯤은 능히 상대할 수 있다고 자부하는 것인가?

"바율에게 괜한 불똥이 튀지 않았으면 좋겠는데."

야시장에서의 일을 떠올리면 아직도 가슴이 철렁하다. 아들이 그런 취급을 받았다는 것이 놀랍고 아비로서 화가 치솟는다.

"앞서 힘의 차이를 확실히 보여 주셨습니다. 당분간 그런 쪽으로는 얼씬도 하지 않을 터이니 안심하십시오."

사다드 역시 예거 단장과 헤이즈의 대련을 직접 목격했다. 헤이즈의 실력이야 이미 알고 있었다만, 그날은 그가 보기에도 대단히 멋있었다. 후배임에도 자신보다 나은 실력을 지닌 그녀가 사다드는 진정으로 자랑스러웠다.

"제일 큰 사안은 헥터 공작이 분에 찰 만한 상황이 계속 생긴다는 거야. 쥐새끼도 궁지에 몰리면 고양이를 무는 법이거든."

어쩔 수 없는 아비이기에 공작은 못내 찜찜했다.

"철없는 아들 때문에 아버지만 바쁘게 된 꼴이지요. 저는 뭐 나쁘지 않다고 봅니다. 얼마간은 마음껏 제 시간을 보내도 될 것 같거든요."

"내가 휴가를 주겠다고 약속이라도 했던가?"

공작의 머릿속엔 전혀 그런 기억이 없었다.

"그런 뜻이 아니라, 한동안 여기저기 수습하느라 저희 쪽에는 소홀하지 않겠습니까? 이참에 저도 연애라는 걸 한번 해 볼까 하는데, 괜찮겠지요?"

"…연애?"

사다드를 수행 기사로 들이고 그가 연애하는 것을 본 적이 없었다. 그에 란데르트 공작이 인상을 쓰자 사다드가 당당히 대꾸했다.

"이래 봬도 저도 공작 전하 못지않은 인기남입니다. 시내에 나가면 여인들이 얼마나 저를 힐끗힐끗 쳐다보는지 아십니까?"

"그랬나? 착각은 아니고?"

그런 것에 관심을 두는 공작이 아니기에 목격한 바가 전혀 없었다.

"뭐, 총각이 연애를 한다는 데 이상할 거야 없지. 잘해 보게."

이미 마음에 둔 여인이 있다는 듯 사다드의 입꼬리가 심하게 휘어졌다. 차이지만 않으면 다행일 텐데.

"그보다, 리암에게선 아직 소식 없나?"

"아무래도 황제 폐하의 결혼식 문제로 조율할 것이 많은 듯합니다. 황태자 전하의 성인식도 끝났으니 이제 남은 국혼을 치러야지요."

"도당의 귀족들을 혼자 상대하게 해 두고 나만 피난을 왔으니, 좀 미안하긴 하군."

"공작 전하께서 그러시는 게 어디 한두 번이셨습니까? 새삼스럽게 미안해하지 않으셔도 됩니다. 리암 님께서 어련히 알아서 잘하실까요. 공작 전하께서 계시면 외려 방해만 됐을 겁니다."

뼈가 섞인 위로의 말이었다. 누가 들었다면 감히 란데르트 공작에게 불경하다며 노여워할 수도 있겠으나, 그것이 사다드 나름의 애정 표현임을 아는 공작이기에 피식 웃으며 넘겼다.

"드와이어트 제국에서 축하 사절단이 올 수도 있다던데, 요즘 그곳 분위기는 어떻지?"

"정보를 모아서 판별해 본 바로는 딱히 달라진 것은 없어 보였습니다. 황제 로이안이 친히 온다는 설도 있지만, 그건 불가능하지 않겠습니까?"

십년전쟁을 일으킨 장본인이자 용병왕 바라첼이 살아생전 제일 아꼈다던 황태자, 로이안.

바라첼 황제가 레녹스 전투에서 란데르트 공작에게 항복을 선언하고 정식으로 황위를 아들에게 양위한 뒤, 두 제국은 언제 그랬냐는 듯 전격적으로 휴전에 합의했다. 당시 휴전 협정을 체결하는 자리에 나온 것도 바라첼이 아닌 로이안 황태자였다.

그에게 란데르트 공작은 아버지의 원수나 다름없었다. 십년전쟁의 승패를 떠나서, 공작이 직접 바라첼 황제의 두 팔과 다리를 잘라 불구로 만들었기 때문이다.

그렇기에 실제로 로이안 황제가 방문이라도 한다면 상당히 불편한 자리가 될 것이다.

"참, 린데만 황태자 전하께서 헤이즈에 대해 묻고 다니신다는데, 아십니까?"

"…헤이즈를?"

"예. 나이부터 시작해서, 결혼을 했는지 어쨌는지 개인적인 것에까지 관심을 많이 보이셨다고 하더군요."

"황제 폐하를 빼어 닮은 분이다. 헤이즈의 대련을 보고 뭔가를 느끼신 모양이지."

앉아서 무언가를 배우기보다 검과 방패를 들고 몸을 쓰는 것을 더 좋아하시는 분이었다. 무가에서 태어났어야 할

분이 황가에서 나신 게 실수라면 실수다. 황태자가 헤이즈에게 관심을 갖는 것은 너무나 당연했다.

"제 측은 그렇지가 않아서 말입니다."

"하고 싶은 말이 뭔데?"

"그날 헤이즈가 좀 멋졌습니까?"

"……?"

"반하지 말라는 보장이 없지 않습니까. 실력도 실력이지만, 헤이즈의 미모에 넋이 나간 사내가 한둘이 아니었습니다."

"그러니까 자네 말인즉슨, 황태자 전하께서 헤이즈에게 마음이라도 뺏겼다는 소린가?"

"정리하자면, 뭐 그렇습니다."

사다드는 아주 어려서부터 공작을 수행해 왔다. 물론 그때는 배우는 입장이었지만, 현재는 거의 전담 비서라고 봐도 무방할 정도로 많은 일을 해내고 있었다.

그의 단점이라면 남들과 함께 있는 자리에서는 대단히 과묵한 편이지만, 오래 곁에 둔 탓인지 둘만 있을 때는 간혹 아이처럼 까불기도 한다는 것이었다.

그럼에도 공작이 그를 신뢰하는 건 일 처리를 잘해서이기도 하지만, 정확한 상황 판단에 눈치가 빨라서였다. 그가 그렇게 보았다면 십중팔구 맞는 얘기다.

"리암에게 연락 좀 넣어야겠군."

"이미 서신이 닿았을 겁니다."

그쯤은 이제 아무것도 아니죠.

명이 떨어지기도 전에 멋대로 움직여 놓고 사다드가 턱을 들며 으스댔다.

"린데만 황태자는 뭐든 쉽게 포기하는 성격이 못 된다."

"잘 압니다. 헤이즈에게 좋은 신랑감이 아니라는 것도 아주 잘 알죠."

애초에 성사될 만한 인연이 아니었다. 세상에 어느 황태자가 여기사와 사랑에 빠져 혼인을 할 수 있단 말인가. 절대 그런 걸 허락할 귀족들이 아니었다.

"입단속 시키고."

"네."

"해야 할 일은 잘 기록했겠지?"

공작의 물음에 사다드가 수첩을 흔들어 보였다. 메모는 그와 같은 자에겐 습관이었다. 필기에 필요한 것들은 한 몸처럼 지니고 다닌다.

똑똑.

그때 노크 소리와 함께 커닝 집사가 웃으며 등장했다.

"영주님, 세온이 찾아왔습니다."

"세온?"

"벼락을 맞았던 소년입니다."

"아, 이제 완전히 다 나은 건가?"

반가운 소식에 란데르트 공작의 표정이 환해졌다.

"영주님께 꼭 감사하단 말씀을 전하고 싶다기에 제가 일단 기다려 보라고 하였습니다. 지금 시간 되십니까?"

"타이밍 한번 기가 막히십니다. 이제 막 보고 끝내고 나가려던 차였거든요."

사다드가 기분 좋게 일어났다.

"그럼 내일 뵙겠습니다."

그가 공작에게 정중히 예를 올리고는 곧 자리를 비켜 줬다.

"들어 오거라."

문밖에서 대기 중이던 세온이란 아이가 잔뜩 얼어서는 집무실로 들어섰다.

녀석에게는 한없는 영광이었다. 목숨을 살려 주신 것만으로도 감사해서 몸 둘 바를 모를 지경인데, 얼굴까지 뵙고 인사를 하게 되었으니 이루 말할 수 없이 감개무량하다. 친구들에게 말하면 아무도 믿지 못할 엄청난 사건이었다.

"아, 안녕하십니까! 영주님! 저, 저는 세온이라고 합니다!"

긴장을 해선지 녀석의 목소리가 상당히 높았다. 잔뜩 움츠려진 어깨와 모아진 발을 보면, 당장 오줌을 지려도 하등 이상할 것 같지 않았다.

"그래, 건강한 모습을 보니 반갑구나. 거기 앉겠니?"

"가, 감사합니다!"

자리를 권했을 뿐인데 감격에 벅찬 얼굴로 감사를 표한다. 때 묻지 않은 순수한 소년의 태도에 란데르트 공작은 괜스레 흐뭇했다.

"커닝, 다과를 좀 내오겠나?"

"네, 영주님. 그럼 말씀 나누십시오."

커닝 집사가 나가고 공작과 세온만이 남았다. 그것이 더 압박이 되었는지 녀석의 얼굴이 점점 붉어졌다.

"창문을 좀 열어야겠구나."

란데르트 공작이 창을 열자 빗소리가 크게 들려왔다.

컹! 컹컹!

그것이 거슬렸는지 구석에 얌전히 누워 있던 재스퍼가 발딱 일어나 짖기 시작했다.

"으악, 깜짝이야!"

재스퍼의 존재를 전혀 몰랐던 세온이 놀라 비명을 질렀다.

"재스퍼, 쉿!"

"컹컹! 컹컹컹컹!"

녀석이 말을 안 듣자 공작이 하는 수 없이 서랍에서 육포를 꺼내 던졌다. 그러자 재스퍼가 한 마리의 새처럼 날쌔게 뛰어올라 육포를 낚아채고는 자리로 돌아가 앙앙 씹어 댔다.

"이, 이름이 재스퍼인가요?"

세온이 용기 내어 처음으로 공작에게 물었다.

"그렇다. 내 아들의 가드견이지."

"아, 바율 도련님 말씀이시죠?"

"그래, 내 아들을 아느냐?"

"뵌 적은 없지만, 사제님께서 하시는 말씀을 어쩌다 들었습니다."

"후안 사제에게서?"

"네, 저를 오랫동안 치료해 주셨거든요."

처음엔 그저 사제님의 은덕인 줄로만 알았다. 그러다 영주님께서 자신을 직접 구하고 데려와 아말룬까지 동원해 살려 주셨다는 얘기를 들었을 땐 너무나 감사한 마음에 며칠 동안 잠을 이루지 못했다. 어떻게 보답해야 할지 아무리 생각해도 답이 나오질 않았다.

"그래, 후안 사제가 바율에 관해 뭐라고 하더냐?"

"의지가 강하신 분이라고 하였습니다."

"의지?"

"예, 처한 현실에 안주하지 않고 항시 나아가길 원하시는 분이었다고 하셨습니다. 그러니 저도 의지를 버려서는 안 된다고, 꼭 건강해질 수 있다고 스스로가 굳게 믿어야 한다고 당부하셨습니다."

"…그랬구나."

"그러시면서 도련님께서 지금은 캐링스턴 아카데미에 공부하러 가셨기 때문에 여름 방학이 돼서나 볼 수 있다고 하시더군요. 기회가 된다면 도련님께도 감사하단 말씀 전하고 싶습니다. 제가 이겨 낼 수 있도록 동기와 희망을 심어 주셨거든요."

"컹! 컹컹컹컹!"

바율이 온다는 소리를 용케 알아들었는지 육포를 씹다 말고 재스퍼가 거칠게 울어 댔다.

곧 여름이었다. 아카데미도 방학을 할 때다.

"아카데미에 오길 잘한 것 같아요. 처음엔 수업도 기숙사 생활도 낯설어서 많이 당황했는데, 이제는 모든 게 즐거워졌어요."

황궁에서 만난 아들이 감사하다며 저런 말을 했었다. 그래서 공작은 되레 걱정이었다. 그곳이 너무 좋아져서 해밀턴에 오기 싫어지는 건 아닐지, 아직도 자신이 쫓아냈다고만 여기는 건 아닐지.

아비로서 돌아오라 명하면 되는 것을, 란데르트 공작에겐 그것이 가장 어려운 숙제 같았다.

황궁에서 인사도 없이 가 버린 아들이 내심 마음에 걸렸다. 바쁜 일정 탓에 그럴 수도 있었겠지만, 마지막으로 얼굴이라도 한 번 더 보고 싶었는데 그러질 못해서 속상하다.

기분이 묘하기도 했다. 캐링스턴으로 떠나보낼 때와는 뭔가 다른 느낌이랄까. 해밀턴이 아니고도 돌아갈 곳이 있는 아들이 자랑스럽기도 하면서, 다른 한편으론 왠지 서운하기도 했다.

아비 품을 벗어나 세상을 배우길 바라는 마음으로 보낸 것인데, 막상 현실로 진행이 되니 모순적이게도 섭섭한 생각이 든다.

이것이 자식을 둔 모든 부모들의 마음인 걸까.

'바일, 동생을 잘 돌봐 주렴.'

먼저 간 아들을 떠올리면 여전히 가슴 한구석이 아려 온다. 하지만 전처럼 미어질 것처럼 아프고 슬픈 감정은 많이 희미해졌다.

계속 이렇게 이겨 낼 것이다.

하나 남은 아들이라도 잘 지켜 내는 것이, 훗날 만날 아내와 바일에게 공작이 유일하게 할 수 있는 자랑거리였다.

Chapter 4.
협박 vs 협박

1.

"그러니까 총장 말은, 나 때문에 아카데미가 망하게 생겼다, 뭐 그 뜻인가?"

"아, 아닙니다! 아카데미가 망하다니요. 그럴 리가 있겠습니까. 저는 단지……."

"귀족들이 하나둘 돈줄을 끊기 시작했다며? 당장 운영할 자금이 바닥났다는 게 그 소리 아니야?"

라예가르의 천연하다 못해 태연한 반문에 라인하르트 총장이 비지땀을 닦아 내며 변명했다.

"아무래도 헥터 공작의 영향력이 워낙 세다 보니……."

"헥터 공작? 그게 누군데?"

"…이사장님께서 퇴학시킨 자레드 군의 아버지입니다. 덧붙이자면 현 제국의 실세 중 실세이지요."

"실세?"

'하아, 여전하시군요.'

12년 전이나 지금이나 이사장은 변한 게 없었다. 한결같이 반반한 외모도 외모지만, 세상이 어떻게 바뀌고 돌아가는지에 대해 여전히 무지하고 관심이 없었다.

"자레드 군과 함께 퇴학당한 학생들의 부모들이야 억울하고 분한 심정으로 그러는 것이겠지만, 다른 귀족들은 좀 다릅니다. 눈치를 보는 것이지요. 아들이 퇴학당한 곳에 기부하는 귀족을 헥터 공작이 좋게 보겠습니까? 이번이 그들에겐 공작의 눈에 들 수 있는 더없이 좋은 기회입니다."

"그, 이름이 뭐더라? 아, 맞다. 란데르트 백작. 12년 전만 해도 이 나라에서 제일 잘난 귀족은 그자였던 걸로 기억하는데?"

"…지금은 공작이십니다. 십년전쟁을 승리로 이끈 공로로 폐하께서 직접 봉토와 작위를 하사하셨습니다."

어디 다른 세상이라도 다녀오셨습니까?

아무리 몰라도 그렇지, 이건 너무 심하다. 란데르트 공작의 이야기는 세 살짜리 어린애들도 아는 것이지 않은가?

이사장이 특이한 사람이라는 건 익히 알고 있었다만, 지금만큼은 진심으로 어이가 없다.

'하나 참아야 한다. 그를 절대 화나게 해서는 안 돼.'

전대 총장의 전언을 떠올리며 라인하르트 총장은 평정심을 유지하기 위해 애썼다.

"아드님이신 일라이 군과 친한 바율 군이 바로 란데르트 공작 전하의 아들입니다."

"호오, 그래?"

내내 태평스럽던 라예가르의 표정이 아들 얘기에 처음으로 반짝했다. 그런 대단한 가문의 자식이 아들과 친한 친구라고 하니 좋긴 한 모양이었다.

"란데르트 공작 전하께서 위대한 영웅이신 것은 변함없는 사실입니다. 제국의 살아 있는 전설로 불리고 계시죠. 하지만 나라라는 게 그분 혼자의 힘으로만 돌아가는 건 아니지 않습니까. 헥터 공작은 제국 최고의 의결 기관인 도당의 의장직을 맡고 있습니다. 때문에 귀족들 사이에서 입김이 아주 대단하지요. 헥터 가문은 대대로 재상과 의장을 여럿 배출한 명문가입니다. 그렇기에 제가 자레드 군의 퇴학만은 안 된다고 말씀드렸던 겁니다."

"한 가지만 명심하게. 이사장을 상대할 땐 어린아이를 달래듯 모든 것을 차분하게 잘 설명해야 한다네. 설마 이런 것까지 알려 드려야 하나? 싶을 정도로 말일세.

그리고 가장 중요한 것.

절대 그를 화나게 해서는 안 되네. 불만이 생기더라도 무조건 참고 견뎌야만 그 자리를 보존할 수 있다는 걸 잊지 말게나.

이 두 가지만 잘 지키면 자네가 원하는 만큼의 임기는 무사히 채울 수 있을 것이네."

전대 총장의 조언을 다시 한번 가슴속에 새기며 라인하르트 총장이 긴 설명을 마쳤다.

"흐음, 마치 내가 엄청난 잘못이라도 저지른 것처럼 말하네?"

"…예? 아, 아닙니다. 절대 그런 뜻으로 말씀드린 것은 아닙니다. 오해하지 마십시오!"

한순간 라예가르의 황금색 눈동자가 예리하게 빛났다. 꼭 전대 총장의 경고가 아니래도 이럴 때마다 총장은 위장이 바짝 오그라드는 기분이었다.

"저는 그저 총장으로서 아카데미의 미래가 걱정되어 올린 말씀입니다. 요즘은 예전과 달리 대부분의 운영 자금을 귀족들의 기부금으로 충당하는 실정인지라, 눈치를 안 볼

수가 없습니다. 지금쯤이면 헥터가에도 소식이 전해졌을 터인데, 이후로 얼마나 더 많은 귀족들이 등을 돌릴지 솔직히 우려가 많이 됩니다."

"아까부터 계속 돈, 돈, 돈. 한마디로 돈이 부족하다 그 얘기잖아. 무슨 말을 그렇게 배배 꽈서 해?"

"…죄송합니다."

"나한테 돈 달라고 말하기가 그렇게 어려워? 얼마나 필요한데?"

"…네?"

"얼마가 필요하냐고. 말을 해야 주지."

"돈을 주시겠다고요?"

"이사장이 하는 일이 그런 거 아니야?"

그것을 제외하고도 할 일은 무수히 많지만, 라인하르트 총장은 우선 격하게 고개를 끄덕였다. 그가 총장이 된 이래로 이사장에게서 돈을 받아 본 적이 없기에 전연 예상하지 못한 전개였다.

"맞습니다! 맞고 말고요!"

"서류 올려. 바로 결재해 줄 테니까. 한 오백만 쿠나면 되나?"

"오, 오백만 쿠나요?"

"아니다. 고작 그걸 어디에다 써. 천만 쿠나가 좋겠네.

내일 당장 보낼 테니 기다리고 있어."

처, 천만 쿠나!

라인하르트 총장의 입이 쩍 벌어졌다. 자신이 지금 액수를 잘못 알아들은 것인가?

그 돈이면 아카데미를 십 년은 너끈하게 유지하고도 남는 비용이었다. 그런 거금을 선뜻 주겠다는 것도 놀랍지만, 그만한 돈을 이사장이 갖고 있다는 것이 더 믿기지가 않는다.

사업은 이제 접었다고 들었는데, 아니란 말인가?

"그럼 이제 해결된 거지?"

엄청난 거금을 내어놓겠다는 사람의 얼굴이 너무나 평온하다. 이건 흡사 길 가다 마주친 거지에게 적선이라도 한 듯한 분위기다.

그 정도는 아무것도 아니야. 내게 아무런 영향도 끼치지 않아.

이사장이 꼭 그렇게 말하는 것만 같았다.

"뭘 그렇게 놀라? 설마 받기 싫어?"

"아, 아니요! 아닙니다! 이사장님의 지원이 꽤 오랜만이라서 그만……."

"그런가? 앞으로는 신경 좀 쓰도록 하지. 아들 녀석도 다니는데 아비가 모른 척할 수 있나. 당분간은 계속 출근할 거니까 용건 생기면 바로바로 찾아와서 말해."

"역시 아드님 때문에 오신 거로군요."

이사장이 방문했다는 연락을 받고 얼마나 놀랐는지 모른다. 일라이란 학생이 아들이란 말을 들었을 땐 혹시 뭔가 잘못한 것은 없는지 지난 시간을 돌아보기까지 했다.

"아닌데?"

"…예?"

"아들은 겸사겸사. 다른 할 일 때문에 온 거야."

"여기 캐링스턴에 아카데미 말고 다른 볼일이 있으신 겁니까?"

"간만에 처리할 일이 좀 생겼거든. 나타나선 안 될 게 나타나서 말이야."

"나타나다니요? 무엇이 말입니까?"

"조약을 맺은 게 바로 엊그제인데, 도무지 정신을 못 차리네. 어디서부터 손을 봐 줘야 할지 고민이야."

이해할 수 없는 말들의 연속이었다. 누구랑 조약을 맺고 손을 봐 준다는 것인지 뒤죽박죽 해석이 안 된다.

"혹 제가 도와 드릴 일이라도……?"

총장이 마음에도 없는 말을 내뱉자 다행스럽게도 라예가르가 그럴 필요 없다는 듯 손을 내저었다.

"아들내미 왔으니까 그만 가 봐."

축객령이 떨어졌다. 천만 쿠나에 대해 다시 한번 묻고 싶은 마음이 굴뚝같지만, 지금은 그럴 타이밍이 아님을 본능으로 알았다.

"월요일에 아카데미에서 뵙겠습니다."

이토록 내일이 오기를 고대한 적이 없었다. 오늘 밤 잠자기는 글렀다.

"앗, 총장님! 안녕하세요!"

저택에 들어서던 바율과 친구들이 마주친 총장에게 꾸벅 인사를 건넸지만, 온통 머릿속이 천만 쿠나로 가득 찬 총장은 미처 보지 못하고 그들을 지나쳤다.

"아카데미에 무슨 일이라도 생긴 건가?"

어딘지 허둥거리는 총장의 모습은 그들로 하여금 많은 생각을 불러일으켰다.

"혹시 이사장님 사고 치신 거 아니야?"

"사고?"

"여기 왜 오셨겠냐? 이사장님 만나고 가시는 길이잖아."

"헉! 설마 이번 일로 총장님한테 사표라도 내라고 하신 건 아니겠지?"

딱 한 번 본 게 다지만, 그들이 아는 라예가르는 더한 것도 할 수 있는 자였다.

"오셨습니까, 킬리안 님."

그때 불쑥 낯선 음성이 그들 사이로 끼어들었다.

"으아악!"

무심코 돌아보던 에이단이 비명을 지르며 황급히 뒤로 물러났다. 녀석의 눈에 이상한 것이 보였기 때문이다.

다른 친구들도 놀라기는 매한가지였다. 소리만 지르지 않았다 뿐이지, 다들 움찔거리며 후퇴했다. 일라이만 빼고는.

"피오! 오랜만이다. 잘 지냈어?"

일라이가 상냥하게 다가가며 인사했다. 아버지를 대할 때와는 사뭇 다른 본래의 일라이였다. 그가 자신보다 1미터는 더 커 보이는 거대한 '움직이는 나무'를 올려다보며 방긋 웃음을 지었다.

"뵙고 싶었습니다."

일라이의 미소에 화답이라도 하듯 나무 인간(?)도 따라서 씩 미소를 지었다. 괴이하게도 그가 입을 벌리자 나무가 갈라지는 듯한 소리가 함께 들렸다.

"어라? 여기 왜 이래? 다쳤어?"

나무 인간의 다리쯤으로 짐작되는 곳을 가리키며 일라이가 놀란 듯 물었다. 그곳만 다른 데와 달리 피부색(?)이 시꺼멨다.

"불에 탄 것 같은데?"

"…지금은 괜찮습니다."

아문 상처가 이 정도면 많이 아팠을 게 분명하다. 그러나 상대는 피오다. 피오는 어떤 상황에서도 울지 않는다. 어려서부터 나약한 감정은 드러내지 않도록 교육받았기 때문이다.

"조심 좀 하지."

안쓰러운 눈길로 피오의 흉터를 살피던 일라이가 애써 표정을 풀며 친구들에게 피오를 소개했다.

"얘들아, 여긴 피오라고 해. 인간 세상으로 치면 집사라고 해야 하나? 뭐, 그런 거야."

"…집사?"

"응, 골렘 일족이라고 들어 봤지? 피오는 그중에서도 나무 골렘족이야. 생긴 건 좀 우락부락하지만 엄청 착하고 순해."

일라이가 팔을 들어 피오의 등을 다정하게 쓸었다. 그 손길이 무척이나 좋다는 듯 피오의 커다란 눈이 실눈처럼 가늘어졌다.

인간으로 치면 머리카락이라고 해야 할까? 피오의 머리 상층부에 돋아난 줄기와 이파리들이 살랑살랑 부드럽게 흔들렸다.

"안녕하세요. 피오라고 합니다."

대단히 정중한 말투로 피오가 친구들에게 인사했다.

골렘 종족에 관해서라면 책에서 읽은 적이 있었다. 그때 만 해도 이렇게 직접 마주하게 될 거라곤 생각하지 못했기 에 바율은 그저 신기하기만 했다.

"어디 있어?"

아빠라는 호칭도, 라예가르란 이름도 부르기 싫었다. 일 라이의 주어 없는 물음에도 피오는 용케 알아듣고 앞장서 서 일행을 어딘가로 안내했다.

"아들, 왔어?"

라예가르는 아마도 이곳 저택에서 제일 화려할 게 분명 한 널찍한 홀에서 그들을 기다리고 있었다. 그랜드피아노 와 소파, 장식품 등은 물론이며 벽과 창문, 심지어 천장까 지 온통 금과 보석으로 뒤덮인 곳이었다.

원래부터 이러한 곳이었는지, 아니면 그가 직접 이렇게 꾸민 것인지 알 길은 없었다. 중요한 건 지나치게 사치스러 운 이 공간이 당사자인 라예가르와는 조금의 위화감도 없 이 너무나 잘 어울린다는 것이었다.

"친구들도 안녕? 다시 보니 더 반갑네."

그가 길쭉한 몸매를 자랑이라도 하듯 소파에 비스듬히 누운 채 친구들을 향해 손을 흔들었다.

"피오 다리는 어쩌다 그런 건데? 당신이 그랬어?"

일라이가 다짜고짜 퉁명스럽게 물었다. 실내를 돌아보는 녀석의 얼굴이 마음에 안 찬다는 듯 일그러졌다.

"집은 또 왜 이 모양이야? 친구들 보기 민망하잖아."

"피오가 고른 거야."

그러니까 나한테 그러지 마.

"이 집이 최선이었습니다."

"…피오가 그런 거라면 그런 거겠지."

쌍심지가 켜진 듯 형형하던 일라이의 눈빛이 금세 사그라졌다.

"그리고 저 녀석 다리는 내가 아니라 네 녀석이 그런 거란다."

"뭔 소리야? 내가 언제 그랬는데?"

"네가 가출할 때 불 질렀잖아. 설마 아무도 안 다쳤을 거라고 생각했어?"

"당연하지! 아무도 없는 걸 내가 분명 확인했는데!"

일라이가 헛소리하지 말라며 항변하자 라예가르가 딱하다는 듯 말했다.

"피오를 그렇게 모르나? 저 녀석 성격에 '아, 불이구나' 하고 가만히 있었을 것 같아?"

"…그럼 불을 끄려다가 저렇게 된 거라고?"

"정확히는 네 잘못을 덮으려다가 부상을 입은 거지."

일라이의 말문을 막으려고 한 거라면 성공이었다. 녀석이 뒤늦게 안 사실에 부르르 몸을 떨며 돌아보자 피오가 고개를 숙이며 일라이의 시선을 피했다.

"그래도 저만하길 다행이야. 내가 조금만 늦었으면 다리 하나를 잃을 뻔했다고."

"저는 괜찮습니다."

"누가 한 치료인데 그럼."

모든 게 본인의 공이라는 듯 라예가르가 고개를 까닥까닥했다.

"미안해, 피오. 네가 불과는 상극이라는 걸 알면서 내가 실수했어."

"킬리안 님, 저는 정말 괜찮습니다. 설사 다리를 잃었다 해도 킬리안 님을 원망하지 않았을 겁니다."

"알아, 피오라면 그랬겠지."

지긋지긋한 집구석을 버틸 수 있었던 건 그나마 피오가 있었기 때문이었다. 녀석은 기댈 곳 하나 없던 일라이에게 유일한 말 상대이자 버팀목이었다.

"자자, 칙칙한 얘기는 그만하고 우리 맛있는 음식이나 먹으러 갈까?"

손님을 초대해 놓고 그냥 수다나 떠는 것은 라예가르의 성향에 맞지 않았다. 그가 발딱 일어나더니 따라오라며 손짓했다.

"다들 점심 전이지? 배고프겠다. 차린 건 별로 없지만 많이들 먹어."

방금 전 홀과 비교하면 양호한 수준이었지만, 식당의 규모와 장식도 상당히 호화스러웠다.

스무 명은 족히 앉아도 될 것 같은 널찍한 식탁에 보기만 해도 침이 꼴깍 넘어갈 만큼 먹음직스럽게 생긴 요리들이 종류별로 다양하게 차려져 있었다.

무엇보다 놀라운 건 접시나 컵, 스푼과 같은 식기류에 금과 은은 물론이요, 값비싼 보석들이 세공되어 있다는 점이었다.

"헐! 라이, 네가 말한 게 진짜였구나? 보석이 막 박혀 있어! 대박!"

에이단은 홀린 듯이 걸어가 식탁을 내려다보며 감탄했다. 보석 박힌 그릇들이 예쁘거나 멋져서가 아니라, 실제로 이런 게 존재한다는 것에 새삼 놀라는 중이었다.

"우리 아들이 언제 자랑이라도 했나 보지?"

"그게 자랑거리나 돼? 그냥 어쩌다가 말했을 뿐이야."

"알았으니까 와서 앉아."

"…초대해 주셔서 감사합니다."

"잘 먹겠습니다."

이유가 어찌 되었건 일단 왔으니 예의를 차려야 했다. 마침 배도 고플 시간이었고, 음식 맛도 궁금하긴 하다. 일라이의 눈치를 슬쩍 살피던 친구들이 하나둘 착석하며 식사를 시작했다.

"어때? 입에 맞아?"

"네, 맛있네요."

"…좋습니다."

음식 맛은 굉장히 훌륭했다. 저기압인 일라이의 기분을 고려해서 표현하지 않았을 뿐, 다들 처음 맛본 순간 깜짝 놀랄 정도였다.

"근데 아들은 왜 그렇게 깨작거려? 맛없어?"

"그럼 맛있겠어? 협박당해서 여기까지 왔는데, 맛있게 먹는 게 더 이상하지!"

"협박이라니?"

"무, 무슨 협박?"

놀란 친구들이 약속이라도 한 듯 동시에 스푼과 포크를 내려놓았다.

"내가 그럼 여길 왜 왔겠냐? 난 별로 놀랍지도 않다. 저 인간 특기 중 하나거든."

"대체 무슨 협박인데?"

"말해도 돼?"

에이단의 물음에 답한 건 라예가르였다. 그가 특유의 잔망스러운 표정으로 일라이를 보며 물었다.

협박이 왜 협박이겠는가. 질색하던 것을 억지로 하는 데에는 다 그만한 이유가 있는 것이다. 당연히 대부분이 공개되기를 원치 않는다. 그건 일라이라고 예외는 아니었다.

"대체 나한테 왜 이래? 왜 갑자기 나타나서 이러냐고!"

"그간 너무 신경을 못 썼잖아."

"핫! 어처구니가 없네. 당신이 언제 나한테 신경을 썼다고? 내가 당신에게 그렇게 중요한 존재는 아니잖아. 그건 나도 알고 당신도 아는 사실 아니야?"

"킬리안, 보이는 게 다가 아니라던 내 말, 그새 잊었니?"

"내 이름은 일라이야! 똑바로 불러!"

"…성질 하고는."

폭발 직전의 아들을 바라보는 라예가르의 눈매가 한순간 무겁게 가라앉았다.

녀석은 아직 아무것도 모른다. 저 기질을 다스려야만 본인이 살 수도, 죽을 수도 있다는 것을.

"그래, 일라이. 앞으로 이 아버지는 말이다. 너를 위해서……."

"됐고! 잉그리드 탈피 얘기나 해 봐. 그것 때문에 온 거니까."

라예가르의 말을 단칼에 자르며 일라이가 본론으로 들어갔다. 얼른 이 상황을 끝내고 이곳을 뛰쳐나가고만 싶은 심정이었다.

꿀떡.

드디어 올 것이 왔다. 에이단이 바싹 긴장해서는 굳은 얼굴로 이사장을 했다.

"그러고 보니 오늘은 잉그리드가 안 보이네?"

"두고 왔습니다. 왠지 그래야 할 것 같아서요."

"그럴 필요까지는 없었는데."

"말씀해 주십시오. 궁금해서 며칠간 잠도 못 잤습니다."

"엄, 그게 말이지."

라예가르가 턱을 짚으며 뜸을 들였다. 언뜻 보면 어디서부터 말을 해야 하나 고민하는 거라고 착각할 수도 있겠지만, 일라이는 자신의 아버지를 너무 잘 알았다.

"제대로 얘기 안 하면, 알지? 그랬다간 여기도 내가 확 다 불 질러 버린다!"

일말의 거짓도 없는 진심이었다. 친구들까지 놈의 손아귀에 휘둘리게 놔둘 순 없었다. 장난감은 자신 하나로 충분했다.

"너희, 변신수라고 들어 봤어?"

일라이의 으름장이 통한 듯 라예가르가 마침내 제대로 이야기를 시작했다. 한데 뜻밖에도 그의 입에서 나온 건 며칠 전 그들이 거론한 적이 있었던 변신수였다.

"파괴의 샘물을 마신 대가로 생김새가 흉측하게 변한다는 그 마계의 생명체 말인가요? 우, 우리 잉그리드가 그런 괴물 아니, 변신수라고요?"

에이단에게 잉그리드는 한없이 귀엽고 사랑스러운 동생 같은 존재였다. 그런 녀석이 탈피라는 걸 하고 나면 흉하게 변할 수도 있다는 건가?

"마, 말도 안 돼요! 그럴 리 없어요!"

바율과 친구들도 충격적이었다. 마계의 동물이 웬 말이란 말인가. 도무지 잉그리드와는 어울리지 않는다.

"내가 언제 잉그리드가 변신수래? 말을 끝까지 들어야지. 너 성격 되게 급하구나?"

"…네?"

아직도 심장이 벌렁벌렁 뛰었다. 당장이라도 울 것 같은 얼굴로 '어떡해, 어떡해'를 연호하던 에이단이 다시금 불안한 시선을 들었다.

"잉그리드는 변신수가 아니야."

"…아, 아니라고요?"

"그럼 왜 물어보신 건데요?"

"아무 관련도 없는데 변신수란 말을 꺼내신 겁니까?"

퀸과 로건의 어투는 다분히 공격적이었다.

"이거 말 한번 잘못하면 한 대 칠 기세네. 과연 내 아들의 친구들답다!"

"대답이나 하시죠."

퀸의 서슬 퍼런 재촉에 라예가르가 피식 웃으며 짧게 말을 내뱉었다.

"자식이야."

"······?"

"변신수는 말 그대로 변종이기 때문에 생식 능력이 없는 것이 일반적이다. 하지만 아주 드물게 짝짓기에 성공해서 새끼를 낳기도 하지."

"하면 그 새끼가······?"

"쉽게 말해 변종이 낳은 또 다른 변종. 그게 바로 잉그리드다. 그들은 '탈피'라는 과정을 거쳐야만 비로소 완벽한 성체로 탄생하지. 어때, 이제 좀 설명이 되었나?"

"탈피라는 건 언제 하는 건가요? 우리가 어떻게 알 수 있죠?"

"그건 나도 모른다. 그 시기라는 게 전부 일정하지가 않거든."

"완벽한 성체라는 건 잉그리드가 지금과는 전혀 다른 모습으로 변할 수도 있다는 말씀입니까? 변신수처럼?"

"역시 똑똑해."

라예가르가 로건을 향해 한쪽 눈을 찡긋했다.

"탈피 시기가 일정하지 않은 것처럼 무엇으로 변할지 역시 아무도 모른다. 마계 생명체라는 게 원래 그래. 희한하고 말도 안 되는 것들투성이지."

"변신수가 어쩌다 인간계로 넘어온 거죠?"

"글쎄. 방법이야 찾으면 많긴 하다만…… 어이, 아들 친구! 너 괜찮니?"

에이단은 반쯤 얼이 나가 있었다. 마계라는 단어만이 계속 녀석의 머릿속을 맴돌았다.

"벌써부터 충격 먹고 그러면 안 될 텐데……."

라예가르가 돌연 목소리를 낮게 깔았다.

"지금은 작고 연약하지만, 어떤 무시무시한 몬스터로 변신할지 아무도 모르거든."

"…모, 몬스터요?"

"변신수, 본 적 없지?"

끄덕.

에이단이 마른침을 꼴깍 삼켰다. 불길한 상상들이 마구 스치고 지나갔지만 애써 의식하지 않으려고 애썼다.

"변신수라는 게 말이야……."

"그만!"

"거기까지 하시죠."

일라이가 소리쳤고, 퀸이 경고했다. 이어 바율이 몸을 일으켰다.

"저희는 이만 가 보겠습니다."

"어라? 벌써 가려고?"

"…저희 집에서 다 같이 할 일이 있어서요. 다음에 다시 찾아뵙겠습니다."

지금은 에이단을 진정시키는 것이 급선무였다. 이대로 계속 있다간 녀석은 물론, 남은 친구들까지 험한(?) 일을 당할까 무섭다.

일라이의 충고를 무시한 것이 실수였다. 이사장인 라예가르는 되도록 상대하지 말고 피하는 것이 상책이었다.

"아하, 그래? 마침 잘됐네. 나도 같이 가자."

"…예?"

따라 일어서는 라예가르를 바율이 황당하다는 듯 쳐다봤다.

"뭐라는 거야? 당신이 거길 왜 가?"

"볼일이 있으니까 가지. 꼭 봐야 할 게 있거든."

"저희 집에서 말입니까……?"

"응, 같이 가도 되지?"

거절을 당할 거라곤 일절 생각지도 못하는 눈치였다. 일라이가 참았던 괴성을 다시 한번 터뜨렸다.

"미쳤어? 따라오기만 해! 이번엔 진짜 가만히 안 있을 테니까!"

"가만히 안 있으면, 뭐 어쩔 건데?"

"그만둘 거야."

"뭐?"

"그만둘 거라고. 당신은 당연하고, 아카데미까지 다 버리고 다시 멀리 가 버릴 거라고!"

"라, 라이!"

깜짝 놀란 바율이 황급히 일라이를 붙들었다. 녀석이 정말 당장이라도 사라질 것 같아 더럭 겁이 났다.

다른 친구들 역시 아연한 표정으로 일라이를 바라봤다. 녀석이 이런 생각까지 하고 있을 줄은 전혀 짐작조차 못 한 얼굴들이었다.

"그러니까 따라올 생각은 꿈에도 하지 마. 알았어?"

"가출에 이어서 이젠 협박까지 하는 거냐?"

"당신한테서 배운 거야."

협박에는 협박으로 응수한다. 일라이가 라예가르와 살면서 터득한 가장 슬기로운 대처 방법이었다.

"알았어. 일단은 물러날게."

어쩐 일인지 라예가르가 순순히 항복했다. 여전히 그의 눈에는 장난기가 다분했지만, 이번만은 아들에게 져 주기로 한 모양이었다.

"겸둥이가 이렇게까지 원하는데 아빠가 한 번쯤은 들어 줘야지?"

물론 끝까지 속을 뒤집는 발언만은 아끼지 않았다.

Chapter 5.
습격에 대처하는 자세

1.

바율과 친구들은 거의 도망치듯 저택을 빠져나왔다. 행여 이사장이 따라오지는 않을까 싶은 생각에 마차에 오르고도 바율은 힐긋힐긋 뒤를 돌아보았다.

"그 인간 안 올 거야. 가끔은 내 협박이 먹힐 때도 있거든."

일라이가 안심하라며 한마디 했지만, 상대가 워낙에 강한 인상을 남긴 탓에 바율은 쉽게 마음을 놓지 못했다.

"그보다 라이, 아까 그 말 진심은 아니지?"

"무슨 말?"

"아카데미 그만둘 거라던 거 말이야. 그거, 그냥 해 본 말이지?"

일라이가 없는 아카데미는 상상해 본 적도 없었다. 다른 친구들은 어떨지 몰라도, 바율에게 일라이는 좀 더 특별했다.

쫓기듯 이곳에 왔을 때 제일 먼저 손을 내밀어 준 것도, 아무것도 몰라 어리숙하던 바율에게 싫은 기색 하나 없이 모든 걸 가르쳐 준 것도 전부 녀석이었다. 그가 있어서 바율은 아카데미에 적응할 수 있었고, 캐링스턴을 좋아하게 되었다.

"아닌데."

"…어?"

"그 순간엔 진짜였어. 그자가 다시 또 날 열 받게 한다면 그땐 나도 몰라. 내가 무슨 짓을 저지를지."

더는 놀아나지 않을 것이다. 가출을 결심한 순간부터 일라이는 스스로의 뜻대로 살기로 마음먹었다. 더 이상 그의 보호 따위는 필요치 않았다.

"되도록 안 보는 게 정신 건강에 이로울 것 같긴 하더군."

퀸의 적나라한 평가에 일라이가 픽 웃었다.

"없던 병도 생기게 하는 데에는 선수지. 그 분야에선 아마 적수 찾기 힘들걸?"

"다음에 이사장님을 만나도 정령에 대해서는 묻지 않으려고."

"드디어 마음 접은 거냐?"

"다시는 이런 일 없을 거다."

괜히 이번처럼 말 한번 잘못 꺼냈다가 안 좋게 휘말리면 자신들만 손해였다.

"잘 결정했다."

퀸의 빠른 인정에 일라이가 기꺼이 박수를 보냈다.

"근데 우리 지금 어디 가는 거지?"

"잉그리드 데리러 가는 중이야."

마차를 탄 이후로 에이단은 말없이 창밖만 바라보는 중이었다. 아이러니하게도 잉그리드의 정체를 알고 나자 전보다 더 심란해졌다.

변신수가 낳은 또 다른 변종 몬스터.

라예가르의 설명이 계속 귓가를 어지럽힌다. 잉그리드가 당장에라도 무서운 괴물로 변할 것만 같아서 두려웠다.

"워워!"

드문드문 대화가 이어졌지만 대체적으로 조용한 분위기였다. 그 상태로 얼마쯤 달렸을까. 번잡한 시내를 지나 아카데미를 향해 질주하던 마차가 샛길로 빠지는가 싶더니 곧 움직임을 멈췄다.

"여기가 어디냐?"

인적이 거의 없는 고요한 동네였다. 멀리 서너 채의 집만 시야에 들어올 뿐 별다른 건 눈에 띄지 않았다.

"저기."

에이단이 제법 가파른 언덕 위를 가리켰다.

"커다란 삼나무 보이지? 저 나무 어딘가에서 잉그리드가 날 기다리며 자고 있을 거야."

수업을 마치고 다 같이 마차를 타고 내려오면서 이쯤에서 잉그리드를 날려 보냈었다.

녀석을 만나면 무슨 말부터 해야 할까. 삼나무를 향한 에이단의 눈빛이 복잡했다.

"전에 듣기로 낯선 곳을 무서워한다고 하지 않았어? 대낮에는 잘 보이지도 않는다며."

"몇 번 와 봤던 곳이야."

삼나무 언덕에서 내려다보는 캐링스턴의 시내 전경은 말도 못 하게 아름답다. 붉게 늘어선 지붕을 볼 때마다 에이단은 진심으로 감탄하고는 했다.

이렇게 평화로운 땅에 태어나고 자란 것이 기쁘고 자랑스러웠다. 문득 생각이 나면 가끔 소풍 가듯 오던 곳인데, 아카데미에 입학한 이후로는 통 시간이 없어 오질 못했다.

"풍광이 엄청나게 멋지거든. 오늘 내 덕에 좋은 구경하는 줄 알아."

평소처럼 거들먹거리는 태도였지만, 어째 목소리엔 기운이 하나도 없다. 녀석이 잠시 우두커니 삼나무를 올려다보다가 천천히 언덕을 오르기 시작했다.

"잉그리드, 나 왔어!"

애써 밝은 어조로 에이단이 잉그리드를 부를 때였다.

"…잠깐!"

갑자기 퀸이 심각한 표정으로 걸음을 멈췄다.

"왜 그래?"

"무슨 일이야?"

"쉿! 조용!"

지금은 한낮이었다. 난데없이 주변을 둘러보며 경계하는 퀸을 모두가 이상하다는 듯 쳐다봤다.

"…어라?"

하지만 잠시 후, 일라이 역시 얼굴을 굳히며 어느 한 곳을 노려보았다. 그리 멀지 않은 풀숲이었다.

바람 한 점이 없어 잠잠하던 수풀이 길이라도 내듯 반으로 갈라지더니, 그곳에서 사내 다섯이 어슬렁어슬렁 걸어 나왔다.

척 보기에도 질이 안 좋은 자들이었다. 아니, 위험한 자들이었다. 그들은 모두 복면을 쓰고 있었고, 각기 시퍼런 칼날이 번뜩이는 무기를 지니고 있었다.

"수인족이라 그런가? 생각보다 감각이 예민하군."

입을 연 건 다섯 사내 중 월등하게 체구가 큰 거구의 사내였다. 그가 단검을 뽑아 들며 비릿한 어조를 내뿜었다.

"누구십니까?"

로건이 불쑥 바율의 앞을 막아섰다.

"로건……."

굳이 묻지 않아도 알 수 있었다. 자신을 보호하려는 것이다.

아카데미가 파하고 바로 이사장님을 찾아간 탓에 지금은 이언도 리자이, 리바이 형제도 없다. 로건은 어린 시절에 그러했듯이 자신이 바율을 지켜야 한다고 생각했다.

"글쎄. 날 뭐라고 소개해야 할까?"

"아이고, 형님! 이것들이 뭐라고 우리가 소개까지 하나요? 우린 그냥 의뢰받은 대로 죽이고 튀면 되는 거 아닙니까!"

"귀하신 분들께서 호위 기사도 없이 이런 한적한 곳까지 납시어 주시다니, 이것 참 감개가 무량합니다!"

"끌끌, 기회가 이렇게 빨리 올 줄은 우리도 몰랐는데 말이야."

"애새끼 다섯이니 난 좀 쉬어도 되겠지?"

"아가들아, 우리도 다 먹고살자고 하는 짓이니까 너무 원망하진 마라."

복면을 쓴다는 것. 그건 해석하자면 절대 정체를 들키지 않겠다는 의지였다. 어떤 흉악한 짓도 서슴지 않고 벌일 수 있다는 것을 의미하기도 한다.

각기 모양은 다르지만, 복면인들 전부 일반적인 검이 아니라 단도를 쥐고 있었다. 단도는 은밀하면서도 정확하게 살상을 해야 할 때 주로 쓰이는 무기였다.

그렇다면 답은 암살을 주업으로 삼는 어쌔신.

돈만 주면 이유 따위는 상관없이 사람을 죽여 주는 집단이다. 의뢰 대상을 앞에 두고 낄낄 웃으며 시답잖은 대화를 나누는 것을 보아 아주 상급은 아니었다. 어쩌면 해볼 만하다.

"우릴 다 죽이겠다는 겁니까?"

"의뢰 때문이지, 너희에게 감정은 없단다."

"의뢰한 사람이 누굽니까?"

"에이, 그거 말해 주면 이 바닥 생활 더는 못하지. 알면서 그런다."

"마지막으로 하나만 더 묻겠습니다. 우리가 누군지는 알고 이러는 겁니까?"

로건의 묵직한 질문에 복면 속 사내의 눈빛이 처음으로 흔들렸다. 하지만 이내 고개를 저었다. 이미 엄청난 액수의 선금을 받았다. 심지어 일 처리만 잘하면 그것의 열 배를 더 주겠다는 약속도 받았다.

그 돈이면 어디든 떠날 수 있다. 평생을 떵떵거리며 편하게 살 수 있었다. 상대가 영웅의 아들이건, 지체 높은 귀족의 자식이건 그건 사내가 알 바 아니었다.

어쨌든 걸리지만 않으면 되는 것 아닌가. 그런 방면으로 사내는 이미 도가 튼 전문가였다.

"시끄럽다. 얘들아, 그만 시작하자."

"네, 형님!"

"후딱 끝내 보죠!"

형님이라 불리는 자가 무리의 두목인 듯했다. 그의 명령 하에 사내들이 언제 낄낄거렸냐는 듯 웃음기를 싹 거두고 무기를 꼬나들었다.

스릉—

가만히 당하고만 있을 수는 없다. 로건도 서둘러 기드온을 꺼내 들었다. 초승달처럼 휜 까만색 단도가 올 테면 오라는 듯 예리한 빛을 뿜어냈다.

"호오, 꽤 비싸 보이는 단검이군."

특별한 장식은 없지만 오랜 세월을 지내며 자연스레 쌓여 온 멋스러움이 기드온에 담겨 있었다. 두목은 물론이고 부하들의 눈들이 탐욕으로 번들거렸다.

"그 이상 다가오면 죽이겠다."

"어머나, 무서워라!"

"오늘 밤 자다가 오줌 지리겠네!"

로건의 으름장에 사내들이 부르르 떠는 시늉까지 하며 조롱했다. 이런 경험을 숱하게 해 본 듯, 그들은 거칠 것이 없었다.

—조심해라…… 뒷골목 깡패들의 기운은…… 아니
다…….

기드온이 경고했다.

'부탁해, 기드온.'

로건이 입술을 앙다물며 자세를 취했다.

두렵지 않다면 거짓말이었다.

무가에서 나고 자라 어려서부터 목검을 장난감처럼 갖고
놀았다. 또래 중 누구와 붙어도 지지 않을 자신감 역시 갖
고 있었다.

하지만 이런 상황은 처음이었다. 진심으로 목숨을 위협
하는 상대를, 이제 고작 아카데미 1년생인 로건이 홀로 마
주한 적이 있을 리가 없었다.

"나도 가만히 있을 순 없지."

스스스스!

말 같지도 않은 사태에 잠시 넋이 빠져 있었다. 놈들이
왜 자신들을 노리는 것인지는 알 수 없지만, 일단은 싸우는
게 먼저였다.

일라이가 수인을 그리자 그의 손에 푸른 마나의 기운이
맺혔다.

"…마법사?"

"그래 봤자 아카데미 학생들이다."

잠시 멈칫했던 복면인들이 두목의 말에 안심하며 다시 서서히 거리를 좁혀 왔다. 긴장감에 로건과 일라이의 이마로 땀방울이 흘러내렸다. 뒤에서 지켜보는 친구들 역시 심정은 같았다.

팟!

복면 사내 하나가 단숨에 로건의 급소를 노렸다.

"디그!"

하지만 일라이의 마법이 좀 더 빨랐다. 녀석이 손을 휘젓자 푸른 마나가 빠르게 땅으로 스며들더니, 사내의 발과 맞닿아 있던 지면이 움푹 꺼졌다.

"큭!"

놈이 균형을 잃고 앞으로 고꾸라졌다. 일라이가 회심의 미소를 짓는 순간, 넘어진 사내의 뒤에 서 있던 다른 복면인이 그의 등을 밟고 뛰어올랐다.

후아악!

그런 사내를 향해 어디선가 돌멩이가 날아들었다. 그 돌을 가볍게 쳐 내며 사내가 고개를 돌리자 에이단이 손을 흔들었다.

"나도 있어요, 아저씨. 잊은 것 같길래."

녀석이 급한 대로 주워 든 나무 막대기를 높이 쳐들며 사내를 도발했다.

"하핫, 쪼끄만 도련님이 겁도 없으시네."

어이가 없으니 저절로 웃음이 튀어나온다. 하지만 그런 사내의 눈은 웃고 있지 않았다. 그가 손에 든 단검을 휙휙 돌려 가며 에이단을 향해 찬찬히 걸어갔다.

"이 새끼!"

그때, 디그 마법에 걸려 넘어진 복면 사내가 욕설을 뱉으며 일라이에게 달려들었다.

찰나 동안 일라이는 갈등했다.

그냥 확 다 죽여 버릴까? 인간쓰레기니 그래도 상관없지 않을까?

한 번 든 살심은 걷잡을 수 없이 커져 일라이를 짓눌렀다. 이걸 참아 내는 것이 녀석에겐 가장 어려운 일이었다.

'지금은 보는 눈이 많아. 티 나지 않게.'

애써 분노를 가라앉히며 일라이가 시동어를 외쳤다.

"실드!"

순식간에 아무것도 없던 허공 한복판에 푸르스름한 얇은 막이 생성되었다.

깡!

사내의 단도가 그 막에 가로막혀 둔탁한 소리를 만들었다.

"고작 이따위 하급 마법으로 날 막겠다고? 어디 실컷 해 보거라!"

사내가 일라이를 비웃으며 실드를 훌쩍 뛰어넘었다. 그에 질세라 일라이도 재차 실드 마법을 뿌리며 슬쩍 주위를 훑었다.

'로건.'

복면인은 총 다섯이었다. 두목은 아직까지 지켜보고만 있고, 일라이가 한 명, 에이단이 한 명, 로건에겐 둘이나 붙어 있었다.

카앙!

일행 중 유일하게 검을 지닌 로건은 기드온을 이용해 공격을 막아 내는 중이었다. 기드온과 단검이 부딪치자 불꽃이 튀겼다.

—속임수다…… 왼쪽……!

기드온의 경고가 로건의 귓가를 파고들었다. 상대의 비어 있던 왼손에 어느 틈엔가 또 다른 단도가 쥐여 있었다. 그 칼날이 로건의 복부를 찔러 오고 있었다.

"핫!"

로건이 기합을 터뜨리며 다급히 왼발로 사내의 가슴팍을 밀어냈다.

사각!

아슬아슬하게 사내의 검이 로건의 옷자락을 베고 지나갔다.

—이번엔 오른쪽이다……!

로건은 재빨리 몸을 우측으로 틀었다. 합공 중이던 다른 복면인의 검이 간발의 차이로 오른발을 비켜 스쳐 갔다.

"이익!"

바로 또 다른 공격이 이어졌다. 본능적으로 살기를 피해 뒤로 물러났다.

캉! 캉!

맹공이 쏟아졌다. 기드온의 도움으로 어찌어찌 버텨 내던 로건의 몸이 순간 균형을 잃고 살짝 흔들렸다. 그 틈을 사내들이 파고들었다.

서걱!

팔뚝이 베이며 약간의 피가 튀었다. 오른쪽 허벅지 바깥쪽에도 경미한 검상이 생겨났다.

—등!

앞과 뒤를 동시에 방어할 수 없는 로건은 재빨리 옆으로 몸을 날렸다.

'윽!'

완전히 피하지 못해 어깨 뒷부분이 따끔했지만, 다행히 당장 몸을 움직이지 못할 정도의 큰 상처들은 아니었다. 문제는 분하게도 상대에게 아무런 해를 끼치지 못했다는 것이었다.

'한 놈이라면 어떻게 해 볼 수 있을 텐데.'

기사학부 수석이 다 뭐란 말인가. 고작 둘을 제압하지 못해서 꼴사납게 이러고 있다.

암살과 살인에 능숙한 어쌔신을 둘이나 상대하는 것이 결코 쉬운 일이 아님에도 답답한 마음 때문인지 로건은 스스로를 자책했다.

"헉헉!"

짧은 공방이었지만 힘에 부친 듯 로건의 숨이 거칠었다.

"로건……!"

걱정하는 바율의 음성이 들렸다. 돌아보지 않아도 어떤 표정일지 짐작이 간다.

녀석이 다쳐선 안 되었다. 자신이 버티지 못하면 다음은 바율 차례였다.

'꼭 이겨 내야 해!'

기드온을 쥔 손에 힘을 주며 로건은 정신을 다잡았다.

"제장!"

퀸은 힘겹게 복면인들에 맞서는 친구들을 보며 분통을 터트렸다. 아무리 주변을 살펴봐도 한 방울의 물조차 보이지 않았기 때문이다.

"물만 있으면 되는데!"

수분이라곤 찾기 힘든 이런 곳에서 인어족인 퀸이 제 능력을 발휘하기란 어려웠다.

그때였다.

"로건, 위험해!"

위태위태하긴 했지만 홀로 둘을 잘 상대하고 있던 로건이 그만 돌부리에 걸려 몸이 크게 휘청거렸다. 기다렸다는 듯 비소를 지으며 복면 사내가 로건의 가슴을 향해 빠르게 단검을 찔러 갔다.

"안 돼!"

날카로운 검날이 로건에게 닿기 직전이었다.

그르르르륵!

난데없이 흙무더기가 튀어 올라 복면인의 얼굴을 덮쳤다.

"으핫!"

눈에 흙이 들어갔는지 사내가 공격을 멈추고 고개를 털며 후닥닥 뒤로 물러났다.

'셰임!'

바율은 정신이 번쩍 들었다.

뭘 하고 있는 거야, 바율! 정령을 이용해야지!

질책하는 형의 목소리가 머릿속을 울렸다.

'바보, 멍청이!'

아무리 이런 상황이 처음이라고 하지만, 아무것도 하지 않고 발만 동동 구르고 있던 자신이 바율은 그 어느 때보다 한심스러웠다. 누구와 싸울 수 있다는 생각을 해 본 적조차 없기에 미련하게 대처했다.

자신은 더 이상 병자가 아니다. 정령을 다루는 정령사였고, 그의 곁엔 이노센트와 셰임이 있다.

훈련이라면 이미 부족하지 않을 만큼 하지 않았던가. 지금이 그 노력의 결과를 볼 타이밍이었다.

—온다.

기드온이 다시금 로건에게 경고했다. 몸의 균형을 겨우 다시 잡긴 했지만, 숨쉬기가 점점 더 힘들어져 가고 있었다.

'이노센트!'

바율은 급히 이노센트를 부르며 물 화살을 떠올렸다. 인어족인 퀸은 물이 있어야만 물을 조종할 수 있지만, 이노센트는 다르다. 물의 정령인 녀석은 그 자체로 물이었다.

—너희들 다 죽었어!

이노센트가 순식간에 네 개의 물 화살을 만들어 날려 보냈다.

쑤아앙!

갑작스러운 화살 세례에 당황하긴 했지만, 민첩함이라면 어디 가서 빠지지 않는 자들이었다. 복면인들은 저마다 공격을 멈추고 날아오는 화살을 피하거나 검으로 막아 냈다.

까앙!

"뭐지……? 물인가?"

분명 딱딱한 것과 부딪친 충격을 느끼고, 그러한 소리까지 났다. 한데 화살은 보이지도 않고, 단도에는 물만 흥건하게 묻었다. 축축한 감촉이 어쩐지 불길한 기분을 들게 한다.

"에이 씨, 저 수인족 놈인가?"

복면인들이 퀸을 흘깃거렸지만, 당장은 눈앞의 상대를 처리하는 것이 먼저였다. 다음 목표를 퀸으로 정하며 그들이 공격을 재개했다.

"바율!"

그때 할 수 있는 것이 없어 분통만 터뜨리던 퀸의 눈이 이채로 번뜩였다.

아, 왜 생각하지 못했을까. 제 자신이 이리도 아둔하게 느껴지기는 처음이었다. 피식 웃기까지 하는 퀸의 얼굴엔 다시금 여유가 피어 있었다.

"퀸……?"

바율이 퀸을 돌아보았다. 다급한 이 와중에 왜 자신을 부르는지 의문이었다.

"물."

"…응?"

"이노센트에게 물벼락 좀 뿌려 달라고 해."

그건 주로 이노센트가 장난을 칠 때나 볼 수 있는 것이었다. 왜 지금 그러한 것을 부탁하는지 이해는 안 갔지만, 바율은 길게 묻지 않았다.

―우 씨, 너무 약했나?

'이노센트, 물벼락 좀 내려 줘.'

―어? 물벼락? 야호! 물벼락이다!

투덜거리던 이노센트가 금세 신이 나서 소리치며 날아올랐다.

쏴아아아!

갑자기 제법 많은 양의 물이 공중에서 쏟아졌다.

"……!"

그러나 기대와 달리 그 물들은 복면인들을 향하지 않았다. 오히려 허공에 붕 뜬 채로 공처럼 둥글게 뭉쳐졌다.

바로 퀸의 힘이었다. 퀸이 양손을 활짝 펼치자 뭉쳐 있던 한 덩이의 물이 수백의 물방울로 나뉘었다.

"감히 나와 친구들에게 위해를 가했단 말이지."

퀸의 노기에 잘게 흩어진 물방울들이 암기처럼 뾰족하게 바뀌었다.

'아, 그래서!'

바율은 그제야 퀸의 뜻을 알아차렸다. 퀸은 물이 필요하고, 바율은 그 물을 줄 수 있다. 최고의 조합이었다.

"가라!"

암기로 둔갑한 물방울들이 퀸의 한마디에 곤궁에 처한 에이단을 향해 날아갔다.

"으으, 아저씨! 겁나게 끈질기네요!"

"이런 날다람쥐 같은 새끼!"

에이단의 나무 막대기는 이미 진작 반 토막이 나 있었다. 현격한 무력의 차이를 비약적인 몸놀림으로 겨우 버텨 내는 상황이었다. 한마디로 녀석은 지금 도망만 치면서 가까스로 버티고 있었다.

"어어? 저게 뭐지?"

에이단이 사내의 뒤를 보며 놀란 표정을 지었다.

"이젠 안 속는다!"

잡히기만 하면 아작을 낼 거라는 듯, 사내가 뒤를 돌아보기는커녕 속도를 높였다.

"이번엔 진짠데!"

에이단의 눈이 화등잔만 하게 떠졌다. 어쩌다 보니 친구들과 꽤 멀어졌는데, 물체가 점점 가까워지자 뭔지 알 것 같았다. 앞으로 일어날 장면을 상상하니 저도 모르게 인상이 찌푸려진다.

후드드드득!

"크아아악!"

수백의 물방울이 복면 사내의 등을 덮쳤다. 크기는 작지만 예리함은 여느 칼날 못지않다. 사내가 외마디 비명을 지르며 그대로 자지러지듯 쓰러졌다. 어느새 그의 등은 검붉은 색으로 뒤덮여 있었다.

"이노센트! 셰임!"

그 시각, 바율은 이노센트와 셰임에게 각기 일라이와 로건을 부탁했다.

─우 씨, 나 일라이 싫은데!

입술을 삐죽 내밀고 있지만, 이노센트의 머리 위로는 이미 물의 창이 생겨나는 중이었다.

"주, 죽이면 안 돼!"

평소 화가 나면 무조건 죽이겠다고 말버릇처럼 외치는 녀석이었다. 당연히 그런 일이 실제로 일어나서도 안 되지만, 이들을 사로잡아 누가 왜 이런 짓을 벌였는지도 알아내야 했다.

─쳇, 알겠어!

빠른 속력으로 복면인을 향해 날아가던 물의 창이 바율의 말에 궤도를 살짝 틀었다.

푹!

"으학!"

또다시 날아올지도 모를 화살에 대비해 감각을 곤두세우고 있었지만 소용없었다. 이전의 실패(?)를 만회하고자 이노센트가 마음먹고 날린 물의 창은 화살과 비교 자체가 불가능했다.

사내가 신음을 터뜨리며 바닥을 뒹굴었다. 이노센트가 쏘아 보낸 물의 창이 그의 종아리를 관통해서 땅에 박혔다. 시뻘건 피가 철철 흘러넘쳤지만, 창은 흔적도 없이 사라진 후였다.

우드득— 우드득—

지면을 뚫고 땅속으로부터 나무뿌리가 솟구쳤다. 돋아난 뿌리가 로건을 압박하던 복면인 중 한쪽의 발목을 휘릭 휘감았다.

"뭐, 뭐야!"

갑자기 다리가 움직이질 않자 사내가 고개를 숙이고 밑을 내려다봤다. 로건에게는 기회였다. 그가 검을 든 사내의 손목을 기드온으로 그으며 그 반동을 이용해 돌려 차기를 날렸다.

"억!"

힘줄을 끊어 놨으니 더는 검을 들기 힘들 것이다. 로건이 원하던 일대일의 상황이 되었다.

"셰임, 고마워."

로건이 셰임에게 고마움을 전하며 남은 사내에게로 집중했다.

"이게 대체 무슨……!"

순식간에 전세가 역전되었다. 수하가 셋이나 쓰러졌다. 입이 다소 가볍긴 해도 쓸 만한 녀석들이었다. 이 바닥에선 제법 잔뼈가 굵은 놈들이기도 했다.

한데 고작 십 대 다섯 명에게 밀리고 있다.

'어리다고 너무 얕본 것인가.'

차갑게 가라앉은 두목의 시선이 그의 수하와 대등하게 맞서 싸우고 있는 로건과, 그런 로건을 팔짱 낀 채 지켜보고 있는 퀸에게로 가 멎었다.

저 둘이 문제였다. 학생이란 편견에 치우쳐 너무 만만하게 생각했다.

세이모어 백작의 아들이 속해 있으니 어느 정도 버틸 거라 예상은 했지만, 이건 상상 이상이었다.

물을 자유자재로 다루는 인어족의 능력에는 감탄이 나올 지경이었다. 주변에 물이라고는 전혀 없는 이런 곳에서까지 물 화살과 창을 날릴 거라곤 생각지도 못했다. 정령에 대한 지식이 없다 보니 두목은 전부 퀸이 한 일이라고 착각했다.

철저히 조사하지 못한 자신의 명백한 실수였다.

'나까지 나서게 될 줄은 몰랐군.'

검을 든 놈을 먼저 처리하고 인어를 상대한다. 빠르게 결정을 내린 두목은 엄지와 검지를 입으로 가져가 길게 휘파람을 불었다.

"너희들의 도움이 필요하게 되었구나."

두목이 뜻 모를 소리를 중얼거리며 뚜벅뚜벅 걸어 나갔다.

"쯧쯧."

방금까지 비등하게 싸우던 녀석이 가까스로 공격을 막아 내고 있다. 망신도 이런 망신이 없다. 애 하나를 상대하지 못해서 끙끙거리는 꼴을 보고 있자니 문득 짜증이 솟구쳤다.

"비켜라."

그의 명에 기다렸다는 듯 수하가 뒤로 물러났다.

고오오—

그러자 사내가 보란 듯이 마나를 끌어 올렸다. 그는 일체의 망설임이 없었다. 그가 살기를 폭사시키며 로건의 목을 향해 단검을 휘둘렀다.

캉!

상당한 힘이 실린 일 검이었지만, 로건은 당황하지 않고 차분하게 그 검을 막았다.

"훗, 제법이구나."

온전한 로건의 실력이 아닌 기드온의 능력이었지만, 에고 소드를 알아보지 못한 두목은 로건이 또래보다 훨씬 뛰어나다고 판단했다.

'과연 무가의 자식이로군.'

하지만 그렇다 한들, 아직 그에게는 상대가 되지 않는다. 그가 무릎으로 로건의 하복부를 강하게 올려 찍었다.

팍!

이제까지와는 전혀 다른 빠르기와 강도였다. 로건의 신형이 충격으로 부들부들 흔들렸다.

"크크크."

사내가 로건의 어깨에 단검을 쑤셔 넣기 위해 팔을 높이 쳐들었다. 친구들이 움직인 것은 그때였다.

"실드!"

"셰임! 이노센트!"

일라이가 로건을 실드 마법으로 감쌌고, 셰임이 주변의 돌덩이를 끌어모아 사내에게로 날렸다. 이노센트가 내어 준 물벼락으로 퀸은 다시금 뾰족한 창살을 만들었다.

"이, 이것들이!"

하지만 괜히 두목이 아니었다. 사내가 마나를 전신에 골고루 퍼뜨리며 공격을 전부 막아 냈다. 몇 군데 찰과상을 입긴 했지만, 아직 싸울 여력은 충분했다. 그가 아이들을 향해 사정없이 덤벼들었다.

"…뭐지, 저게?"

그때, 상대적으로 일행과 떨어져 있던 에이단의 눈에 이상한 것이 포착되었다. 무언가가 친구들을 향해 다가가고 있었던 것이다. 수풀에 가려져 언뜻언뜻 드러나는 형체가 아무래도 짐승 같았다.

'들개인가?'

친구들에게로 달려가던 에이단은 순간 깜짝 놀라 멈칫했다. 녀석의 예상은 반은 맞고 반은 틀렸다. 같은 갯과의 동물이지만, 들개는 아니었다.

놈들의 정체는 늑대였다. 크기가 어마어마하게 큰 거대한 늑대 다섯 마리가 사냥이라도 하듯 친구들을 에워쌌다.

"이, 이것들이 갑자기 어디서 나타난 거야?"

당황한 친구들이 서로의 등을 맞대고 가까이 붙었다. 바율은 당연하고 퀸과 로건까지 동요한 기색이었다. 일라이만이 매서운 눈으로 상황을 살폈다.

"크르르릉!"

"크르르!"

놈들은 전부 정상이 아니었다. 환락의 풀이라도 먹은 것처럼 두 눈이 시뻘겠고, 입에서는 침이 거품처럼 부글부글 끓었다.

"어, 어떡하지?"

동물과의 교감 능력을 타고 태어났지만, 산짐승을 길들여 본 적은 없었다. 집에서 키우는 가축을 빼고는 세바스티앙이나 아리안느와 같은, 비교적 온순한 동물만 상대한 것이 전부였다.

지금이야 근로 장학생으로 어렵게(?) 살아가고 있지만, 부유한 귀족가의 자식인 에이단이 살면서 흥분한 야생 동물을 만나기란 상당히 요원한 일이었다.

"하아, 이제 오냐?"

두목이 반갑다는 듯 히죽 웃었다. 늑대는 그가 키우는 자식들이었다. 좀 전의 휘파람은 녀석들을 부르는 신호였던 것이다.

"원래는 다 처리한 후에 먹잇감으로 던져 주려고 했지만, 생각을 바꿨지."

감히 자신을 피곤하게 했으니 그 대가를 치러야 했다.

"모조리 갈기갈기 찢어 죽여라!"

"크아아앙!"

두목의 명령에 늑대들이 즉각 움직였다. 송곳보다 날카로운 이빨을 드러내며 다섯 마리의 늑대가 친구들을 향해 달려들었다.

"아, 안 돼! 멈춰어엇!"

에이단이 목이 찢겨져라 비명을 내질렀다. 거리가 너무 가깝다. 운이 좋아 첫 공격을 어찌어찌 잘 막아 낸다고 쳐도, 늑대가 무려 다섯이었다. 누구든 다치는 일이 발생할 것이다.

제발 아무도 해치지 마!

에이단은 친구들을 향해 달려가며 온 마음으로 간절하게 외쳤다.

"…으잉?"

그런 녀석의 바람이 하늘에 닿기라도 한 것일까. 상황이 두목의 예상과는 전혀 다르게 흘러갔다.

분명 갈기갈기 찢어 죽이라 명했거늘, 물어뜯기는커녕 꼬랑지를 내리며 슬금슬금 뒤로 물러나는 것이 아닌가?

이제껏 어떤 명령도 어긴 적 없는 녀석들인데 당최 이게 무슨 일인지 선뜻 이해가 가지 않았다.

"뭣들 하는 거야! 저것들 전부 죽여 버리라니까!"

두목이 역정을 내며 다시금 명령했다.

"끄아앙!"

"꺄릉!"

그러나 고통스럽게 울부짖기만 할 뿐, 늑대들은 쉬이 움직이지 못했다. 여전히 사납게 공격성을 드러내면서도 무슨 까닭인지 달려들지를 못했다.

그저 어쩔 줄 몰라 하는 것 같다고 해야 할까?

두목의 말을 듣고는 싶은데 그게 잘 안 되는 듯 몸을 배배 꼬며 낑낑거리기만 했다. 흡사 다른 누군가에게 정신을 지배당하기라도 하는 것 같았다.

바율과 친구들이 보기에도 참으로 이상한 광경이 아닐 수 없었다.

"너희가 살던 곳으로 돌아가!"

에이단의 카랑카랑한 목소리가 들린 것은 그때였다. 녀석의 엄중한 명령에 거부라도 하는 양 머리를 이리저리 흔들던 늑대들이, 결국 굴복한 것인지 달아나듯 자리를 벗어났다.

"도, 돌아와!"

당황한 두목이 소리쳐 불러 보았지만 소용없었다. 늑대들은 이미 꽁지 빠지게 내달려 저만치 멀어지고 있었다.

"바율, 지금이야. 포박해!"

"…응? 어, 알았어!"

갑작스러운 사태에 잠시 멍해 있었다. 퀸의 말에 정신을 차린 바율이 즉시 셰임에게 놈을 묶도록 부탁했다.

우드득 우드득 하는 소리와 함께 땅속에서 나무뿌리가 튀어나왔다. 그것들은 곧 뱀이 똬리를 틀 듯 두목을 포함한 복면인들의 몸을 칭칭 감았다.

"뭐, 뭐야! 이, 이게 당최……!"

두목은 당혹스러운지 계속해서 완성되지 못한 말만 쏟아 냈다. 자식처럼 키운 늑대들이 자신을 버리고 도망간 충격에서 헤어 나오기도 전, 괴상한 것이 신체를 옥죄자 순간 더럭 겁이 났다.

짧은 시간에 말도 안 되는 일이 연속해서 벌어지자 혼이 나가기라도 한 듯했다.

"에이단…… 너……?"

그 정도까지는 아니지만, 친구들의 심정도 비슷했다. 에이단이 방금 무슨 짓을 한 건지 직접 보고서도 이해할 수가 없었다.

녀석은 동물과 대화를 나눌 수 있는 교감 능력자였다. 그 이능을 바탕으로 동물을 길들이기도 하고, 친구가 되기도 했다.

하지만 지금은 명령을 내렸다. 이제 막 처음 본 야생 동물을 말 한마디로 조종한 것이다. 주인의 명은 거부하고 일면식도 없는 에이단의 말을 따르다니, 정녕 희한한 일이었다.

"…너, 대체 어떻게 한 거야?"

일라이의 물음에 에이단이 얼떨떨하게 눈을 들었다.

"그러니까…… 내가 지금 뭘 한 거지?"

"뭐?"

녀석의 반문에 일라이가 어이없다는 표정을 지었다. 본인이 한 일을 스스로가 모르면 누가 안단 말인가?

"에이단, 괜찮아?"

바율은 에이단에게 다가가 녀석의 손을 잡았다. 다급한 상황이 끝나고 보니 그제야 에이단의 상태가 눈에 들어왔다.

누구보다 놀란 표정의 얼굴. 바율도 정령을 처음 마주했을 때 그랬다. 녀석이 지금 어떤 기분일지 조금이나마 짐작이 간다.

"너도 몰랐던 거지?"

"…이 녀석도 몰랐다고?"

"아마 오늘처럼 위험했던 적이 없었을 테니까. 저런 늑대들은 보통 깊은 산중에 서식하잖아. 만날 기회 자체가 없었을 거야."

바율의 추측이 맞는다는 듯 에이단이 멍멍하게 고개를 끄덕였다.

"동물을 보고 무서웠던 적은 처음이야. 항상 반갑고 친해지고 싶고…… 예쁘기만 한 존재들이었는데, 이번엔 뭘 어떻게 해야 할지 몰라서 두렵기만 했어. 그래서 멈추라고…… 내 친구들을 해치지 말라고 속으로 생각했는데……."

"…그랬는데 이렇게 되었다?"

"이제 보니 단순한 교감 능력자가 아니라, 테이머였군."

"테이머? 조련사를 말하는 거야?"

혼란스러워하는 에이단을 내려다보며 퀸이 설명했다.

"강한 사념으로 동물의 의지를 지배하고 통제하는 사람. 강력한 테이머는 마계의 마수까지 부린다고 하지. 잉그리드가 에이단 네게 온 건 어쩌면 우연이 아닐 수도 있겠다."

"내, 내가 뭘 할 수 있다고?"

마계라는 단어가 또 튀어나왔다. 잠시 잊고 있던 잉그리드의 정체에 대한 진실이 다시금 떠오르며 에이단이 기함했다.

"우리를 지키고 싶은 너의 그 절실함이 늑대들의 사고를 지배한 거야. 아까 놈들이 낑낑대는 거 봤지? 명령을 받았으니 그대로 해야 하는데, 네 방해로 이러지도 저러지도 못하던 것."

결국 그러다가 마지막엔 에이단의 명에 따라 도망을 택하기까지 했다.

"테이머는 일반적인 조련사와 달라. 수인족들 사이에서도 결코 흔하지 않은 직업이지."

"우, 웃기지 마! 테이머는 무슨! 녀석들은 그냥 환락의 풀 때문에 잠시 정신이 나갔을 뿐이야!"

갑자기 두목이 꽥 소리를 질렀다. 이제 좀 정신이 들었는지 그가 나무줄기에 포박당한 채 버둥거리며 억울한 듯 외쳤다.

"내가 새끼 때부터 자식처럼 키운 녀석들이다! 그런 놈들이 네 말을 들을 것 같아? 절대 아니야!"

"이봐요, 두목 아저씨. 당신 바보야? 자식처럼 키웠다던 그놈들, 당신 버리고 다 도망갔잖아. 그걸 보고도 그딴 소리가 나오세요?"

정곡을 찌르는 일라이의 말에 두목의 얼굴이 벌게졌다.

"…일시적인 현상이야! 환락의 풀을 과다 복용한 부작용이라고!"

"자식이라면서 환락의 풀을 먹여? 당신 제정신 아니지?"

"그렇게 해야 공격성이 더 살아나거든. 작고 약한 동물에겐 치명적이지만, 늑대처럼 덩치가 크고 사나운 짐승들이 먹으면 흥분제와 같은 효과가 나지. 그래도 환락의 풀은 먹여서는 안 돼요."

에이단의 억양이 다소 높아졌다.

"당장 죽지는 않지만, 수명을 깎아 먹는 행위라고요. 당신이 진짜로 녀석들을 자식처럼 아꼈다면 그런 풀을 먹여선 안 됐어요!"

"내, 내 맘이야! 너 따위가 뭘 안다고 지적이야!"

"당신보다는 많이 알죠."

동물의 생각을 읽고 느낄 수 있는 에이단은 두목과 같은 사람을 가장 경멸했다. 그 누구에게도 동물을 학대할 권리가 없음에도, 그들은 당연하다는 듯 그런 짓들을 벌인다. 언젠가 그에 대한 벌을 달게 받게 될 것이다.

"아, 내 고막! 거 참, 되게 시끄럽네. 어이, 두목 아저씨. 아저씨가 잠시 깜박한 것 같은데, 지금 우리한테 잡힌 상태거든요? 이렇게 소리치며 까불 때가 아니라고! 당장 죽여줄까요?"

보석보다도 아름다운 일라이의 붉은색 눈동자가 표독스럽게 빛났다. 분명 어린 소년에 불과한데, 그 눈을 마주한 두목은 순간 등골이 서늘했다.

"애들아, 말 나온 김에 정하자. 어떻게 할까? 전부 죽여버리고 여기에 묻을까? 셰임한테 부탁하면 아무도 발견 못할 것 같은데."

일라이가 화사하게 웃으며 친구들을 돌아봤다. '넌 그게 웃으면서 할 소리냐?' 라는 말이 목구멍까지 올라왔지만, 차마 아무도 말하지 못했다.

'이사장님 때문에 스트레스가 큰가 봐.'

'제정신 붙들고 있는 게 쉽지는 않겠지.'

그저 눈빛을 주고받으며 조용히 이해하고 넘어가기로 했다.

"왜 대꾸들이 없어? 설마 살려 주려고?"

"어떻게 처리를 하든, 그전에 누가 벌인 짓인지 알아내야지."

로건이 성큼성큼 두목 앞으로 걸어갔다. 그의 긴 흑발이 바람에 나부꼈다. 백팔십을 훌쩍 넘는 큰 키 때문인지 위압감이 상당했다.

"다시 한번 묻겠습니다. 의뢰인이 누구입니까?"

"…내가 그걸 말할 것 같아?"

"그렇게 하시는 게 신상에 이로울 겁니다."

"하핫, 진짜 죽이기라도 할 참인가?"

어디 해 볼 테면 해 보라는 듯 사내가 이죽거렸다. 하나 로건의 다음 말에 두목의 안색은 급격하게 흐려졌다.

"굳이 직접 그럴 필요가 있겠습니까? 우릴 해치울 수 있을 거란 확신이 있었을 땐 무섭지 않았을지 몰라도, 이제는 좀 달라지셨을 텐데요."

"……!"

"우리 선에서 끝나는 게 당신에게는 더 낫지 않겠습니까?"

두목은 로건의 말이 의미하는 바를 분명하게 알아들었다. 그의 흔들리는 시선이 로건을 넘어 에이단을 지나 바율에게 가 멈췄다.

'염병할!'

후회하기엔 이미 늦었지만 그래도 시간을 되돌릴 수 있다면 며칠 전 그날로 되돌리고 싶다.

'무턱대고 의뢰를 받는 게 아니었는데!'

자신이 누구를 건드렸는지 두목은 그제야 실감이 났다. 다른 녀석들의 배경도 배경이지만, 무려 란데르트 공작이었다. 제국의 살아 있는 전설이라 불리는 최강의 사나이, 그의 유일한 피붙이를 자신이 죽이려 했던 것이다. 미치지 않고서야 벌일 수 없는 일이었다.

'그의 추적을 진정 피할 수 있다고 생각했단 말인가?'

설령 의뢰에 성공했더라도 좋은 건 잠시뿐, 하루하루가 피가 마르는 날의 연속이었을 것이다. 도리어 실패한 것이 차라리 다행일 정도다. 죽이고 잘 도망가기만 하면 안전할 거라 여겼던 지난 생각이 참으로 어리석고 아둔했다.

'망할 그 돈이 문제야!'

눈앞에 내밀어진 엄청난 청부금에 눈이 멀어 순간적으로 판단이 흐려졌다. 기실 그 이후로는 애써 생각하지 않으려 노력하기도 했다. 의식적으로 차단했다는 게 맞는 표현일 것이다. 그의 욕심이자 자만이 빚어 낸 결과였다.

"이제 와서 무진장 후회하는 얼굴이네. 난 의문인 게 웬만한 곳에선 이런 의뢰라면 받아 주지도 않았을 텐데, 두목님은 뭘 믿고 이랬냐는 거야. 든든한 뒷배라도 있는 건가?"

그런 게 없다는 걸 이미 짐작하고 있으면서도 일라이는 비아냥거림을 멈추지 않았다.

"마지막으로 묻겠습니다. 의뢰인이 누구입니까?"

"…말하면 우릴 어떻게 할 거지?"

"그건 친구들과 천천히 상의해 보도록 하죠."

로건은 어떤 약속도 하지 않았다. 지금은 의뢰인이 누구인지부터 알아내는 것이 더 중요했다.

"……."

하지만 두목의 입은 쉬이 열리지 않았다. 뭐가 두려운지 입술을 붙였다, 뗐다 반복하기만 할 뿐이었다.

"안 되겠다. 애들아, 그냥 묻자."

"산 채로 묻히기 전에 상처 하나쯤은 더 생겨도 괜찮겠지."

일라이의 협박에 퀸이 맞장구치며 물 화살을 만들어 냈다. 다섯 개의 화살이 정확히 사내들의 가슴을 조준했다.

"난 불로 태워 버릴까 봐. 그게 제일 고통스럽다고 들었거든."

일라이가 갑자기 마음을 바꿨는지 자세를 바로 했다. 녀석이 수인을 맺자 불덩이가 생성되었다. 3서클 마법인 파이어 볼이었다.

겨우 아카데미 1년생인 일라이가 펼치기엔 무리가 있는 마법이었지만, 일행은 그에 놀랄 새가 없었다. 타 죽기는 싫었는지 드디어 두목이 입을 연 것이다.

"나, 나단이라는 이름이었다!"

"…나단?"

참으로 생뚱맞은 이름의 등장이 아닐 수 없다.

나단이라면 주말인 현재도 집에 가지 못하고 신전에서 몸조리를 하는 중이다. 아직 충격에서 헤어 나오지 못한 탓에 움직일 수 있는 처지도 아닌 데다가, 녀석에게 이런 자들을 고용할 만한 돈이 있을 턱도 없다.

무엇보다 나단에겐 그들을 해칠 동기가 없었다.

"자레드군."

의아함은 잠시였다. 다들 머릿속으로 거의 동시에 자레드를 떠올렸다.

"그 자식이 마지막까지 똥을 주고 가네? 나단이라고 뻥치면 우리가 모를 줄 알았나?"

너무 대놓고 누명을 씌우니 어이가 없다 못해 웃음이 터졌다. 덜떨어진 놈은 뭘 해도 이렇게 티가 난다.

"우리가 자레드를 너무 얕본 것 같다. 다시는 이따위 짓거리 안 할 줄 알았는데, 막 나가도 너무 막 나가네."

"퇴학당하고 회까닥 돌아 버렸나 봐. 그러지 않고서야 이런 짓을 벌일 수는 없지."

어쌔신까지 고용해서 동급생을 죽이려고 들다니, 결코 가만히 두고 봐서는 안 될 문제였다.

"어떻게 손봐 주지?"

마음 같아선 똑같은 방법으로 복수하고 싶지만, 그들에게는 아직 이성이라는 게 남아 있었다.

"어른들에게 알리는 게 좋겠어."

자레드는 이미 정도를 넘어섰다. 어떤 더한 짓을 저지를지 모른다. 로건은 어른들에게 맡기는 것이 옳다고 생각했다.

"그건 안 돼!"

"나도 반대야!"

바율과 에이단이 거의 동시에 강한 거부 의사를 표시했다. 아카데미를 계속 다니기 위해선 무조건 집에 알려지는 것만은 피해야 했다.

"가뜩이나 아카데미에 다니는 걸 탐탁지 않게 여기시는

데, 오늘 일을 알게 되시면 그만두라고 더 닦달하실 게 분명해. 난 우리 집 사업에는 관심 없단 말이야."

"나 역시 아버지께서 그만두고 해밀턴으로 돌아오라고 하실지도 몰라. 전에 야시장에서의 일을 아시고 엄청 화를 내셨거든."

뿐인가. 황태자의 생일 파티에서 직접 헥터 공작에게 대련을 요구하시기도 했다. 이번에는 절대 대련만으로 끝나지 않을 것이다.

"집에 알려지면 일이 커지긴 하겠지. 하지만 바율, 자레드는 선을 넘었어. 얼마나 더 위험한 일이 생길지 알 수 없다고."

"어쨌든 잘 막아 냈잖아. 다음에도 그럴 수 있어!"

"맞아! 이런 일이 처음이라서 당황하긴 했지만, 더 열심히 연습하면 나아질 거야."

조금 전 어째신 무리와 맞닥뜨렸을 때 심장이 철렁 내려앉을 정도로 무서웠던 게 사실이었다. 하지만 바율은 그보다 아카데미를 떠나는 것이 더 두려웠다.

만약 이대로 캐링스턴을 떠나게 되면, 겨우 얻은 소중한 친구들을 언제 또 보게 될지도 알 수 없었다.

게다가 이런 식으로 해밀턴으로 돌아가는 건 어쩐지 실패자가 되는 기분이다. 금의환향까지는 아니더라도 아버지에게 자랑스러운 아들이 되어서 돌아가고 싶었다.

"난 뭐, 상관없어. 오늘 일을 그자가 알게 된다고 해서 딱히 크게 달라질 건 없거든."

"나도 마찬가지야."

일라이와 퀸은 중립이었다. 자레드 자식을 당장 혼꾸멍 내고 싶은 마음이야 굴뚝같지만, 어느 쪽으로 결정이 나든 그들의 일신상에 변화는 없을 것이다.

"그래도 너희 둘이 아카데미를 떠나게 되는 건 안 될 소리지."

"당분간 이 건은 생각을 좀 더 해 보는 걸로 정하는 게 어떨까 싶은데."

결국 사 대 일이었다. 말로는 상관없다면서 일라이와 퀸이 바율과 에이단의 옆에 가 섰다.

"그럼 이자들은 어떻게 할 건데?"

결국 로건도 친구들의 의견을 따를 수밖에 없었다.

하지만 다음에 비슷한 일이 또 터진다면 그땐 꼭 자신의 뜻대로 할 것이다. 넘어가는 건 이번 한 번뿐이었다.

"그건 내가 처리할 수 있어."

목숨을 노리던 놈들이었다. 당연히 그냥 풀어 주어서는 안 된다. 어른들에게 알리지 않을 거라면 그들이 직접 수습해야만 했다.

"퀸, 네가?"

"뭘 어쩔 건데?"

"죽지는 않지만, 그렇다고 제대로 살지도 못하게 하는 방법이 하나 있지."

죄를 지은 인어에게 내려지는 인어국만의 형벌이었다. 감히 인어국의 왕자인 자신을 해치려 하였으니 그만한 벌은 받아야 마땅했다.

어쌔신 무리를 향한 퀸의 눈빛이 어느 때보다 섬뜩하게 빛났다.

Chapter 6.
이상한 삼 형제

1.

"도련님! 도련님!"

바율과 일라이, 그리고 에이단을 태운 마차가 저택 앞에 당도했다. 퀸은 어쎄신 처리를 위해 본인의 수하들과 함께 은신처로 향했고, 로건은 상처 치료 후 개인적으로 더 알아볼 것이 있다며 시내에서 다른 마차로 갈아탔다.

"왜 이제야 오시는 거예요! 제가 얼마나 걱정한 줄 아세요?"

친구들은 안중에도 없었다. 마차의 문이 열리기가 무섭게 리타가 바율을 붙잡고는 잔소리를 시전했다.

"늦으면 늦으신다고 미리 말씀이라도 해 주셨어야죠! 그때처럼 그 망나니 도련님 때문에 또 사고라도 났으면 어쩌나 하고 제 가슴이 얼마나 조마조마했다고요!"

"미안해, 리타. 갑자기 들를 데가 생기는 바람에……."

내심 찔끔했지만, 바율은 애써 평정심을 유지하며 리타를 달랬다.

"조금만 더 늦으셨으면 이언 경께서 직접 찾아 나서시려고 했어요! 앞으로 또 이러시면 저 진짜 화낼 거예요!"

"알았어, 알았어. 다음엔 꼭 미리 연락할게."

목소리만 쩌렁쩌렁했지, 리타의 눈엔 여전히 걱정이 한가득했다. 잠시 다녀오는 것이니 좀 늦어도 괜찮을 거라 가볍게 여겼던 자신의 안일함을 이렇게 또 한 번 깨닫는다.

"이언 경, 죄송해요. 친구들과 이사장님 댁에 좀 다녀왔어요."

"이사장님 댁이라면……?"

이언의 시선이 바로 일라이에게로 향했다. 그건 아카데미 내에서 벌어진 일에 대해 그가 이미 알고 있음을 뜻했다.

이젠 별로 놀랍지도 않다. 이러한 것 역시 이언이 자신을 보호하는 방법 중 하나일 뿐이었다.

"자레드 소식 들으셨죠?"

"네, 지금쯤이면 공작 전하께도 서신이 도착하였을 겁니다."

"빠르시네요."

"꼭 아셔야 하는 사실이니까요."

"도련님, 식사는요? 점심은 드셨어요?

자나 깨나 바율의 건강만 염려하는 리타였다. 그녀의 물음에 바율이 친구들을 돌아보며 말했다.

"셋 다 제대로 못 먹었어. 리타는?"

"저야 당연히 도련님 기다렸죠! 얼른 들어가세요. 제가 후딱 준비해서 내갈게요!"

바율이 오기를 기다린 건 리타만이 아니었다. 저택에 들어서자 데스와 그의 동생들이 퀭한 모습으로 그들을 맞았다. 주린 배를 붙잡고 있는 행색이 딱할 지경이었다. 바율은 몰랐지만 먼저 먹겠다고 나섰다가 리타에게 된통 당한 이후였다.

"누구? 처음 보는 얼굴들인데?"

리타의 맛있는 요리를 먹을 생각에 잔뜩 부풀어 있던 일라이가 표정을 일그러뜨리며 멈춰 섰다. 하나같이 인상들이 좋지 않았기 때문이다.

일전에 데스라는 자에게서도 느꼈지만, 셋이 뭉쳐 있으니 왠지 더 거슬렸다. 뭔가 찜찜하다고 할까. 생기 없어 보이는 허여멀건 피부에 머리털부터 옷가지까지 전부 시꺼먼 색으로 도배한 것도 칙칙하고, 여하튼 영 마음에 들지 않았다.

"아, 에이단과 라이는 처음 보겠구나. 새로 들어온 하인들이야. 여기 데스의 친동생들이기도 해."

"동생? 형이 아니고?"

둘 다 족히 삼십은 넘어 보이는 얼굴을 하고 동생이라고 하니 절로 되묻게 된다. 그러자 아몬이 싱긋 웃으며 답했다.

"그런 말 많이 듣습니다."

그는 조금도 기분 나쁜 기색이 아니었다. 오히려 안경 너머 감긴 눈꼬리가 보기 좋게 휘어졌다.

"바르는 요리를 배우고 있고, 아몬은 정원을 돌보고 있어. 나 때문에 점심도 못 먹고 기다린 것 같은데, 같이 먹어도 되지?"

"물론이지! 힘을 너무 썼는지 나도 배고파서 아사하기 일보 직전이다. 우리 잉그리드 먹을 것도 당연히 있겠지?"

에이단이 손을 뻗어 머리꼭지에 앉아 있는 잉그리드의 깃털을 쓰다듬었다. 얼마나 깊은 잠에 빠져 있었는지 녀석은 사건이 다 진정되고 나서야 파드닥거리며 일행 앞에 나타났다.

"어라? 변신수 새끼네?"

에이단의 머리를 둥지 삼아 꾸벅꾸벅 졸고 있던 잉그리드가 바르의 음성에 퍼뜩 깨어났다.

"…지금 뭐라고 했어요?"

애써 찝찝함을 떨쳐 내며 식당으로 향하던 일라이가 흠칫하며 발걸음을 멈췄다.

녀석만이 아니었다. 바율과 에이단도 아연해서 바르를 돌아봤다.

"응? 뭐가?"

천연덕스럽게 반문하는 바르의 등 뒤로 엄청난 살기가 쏘아졌다. 그는 뒤늦게 자신의 입방정을 깨닫고 입을 막아 보았지만, 이미 뱉은 말을 주워 담을 순 없었다. 바르의 몸이 사시나무 떨리듯 흔들렸다.

'뭐지?'

일라이의 고개가 갸웃거렸다.

'방금 분명 뭔가 느껴졌는데?'

찰나지만 머리털이 쭈뼛 설 만큼 강한 살기였다.

'…아닌가?'

지금 이곳에는 이만한 살기를 뿜어낼 수 있는 존재가 없었다. 이언 경이라면 가능할 수도 있겠지만, 그는 이미 식당에 가고 없는 상태였다.

'착각이었나…….'

워낙 일순간에 지나갔기에 긴가민가하기도 했다.

"우리 잉그리드가 변신수 새끼인 걸 어떻게 알았죠?"

5년이나 함께 지낸 에이단도 오늘에야 안 사실이었다. 마법사인 라예가르가 아니었다면 아마 평생 몰랐을 수도 있었을 것이다.

그러한 것을, 하인인 바르가 어떻게 바로 알아본 것인지 에이단은 의문스러웠다.

"그, 그거야…… 내, 내가……."

뭐라도 지어내기 위해 바르가 머리를 굴려 봤지만, 선뜻 떠오르는 것이 없었다. 여기서 대답을 잘못했다간 그대로 인생이 끝나는 수가 있다. 아직 요리 비법도 제대로 배우지 못했는데. 비상사태였다.

"바르?"

암울한 미래가 그려지자 바르의 이마에 송골송골 땀방울이 맺혔다.

"그쪽도 아는 걸 내 동생이 알고 있는 게 무슨 큰일인가?"

보다 못한 데스가 나선 것은 그때였다. 그가 남모르게 한숨을 푹 내쉬다가 설명했다.

"바르는 테이머 능력이 있어. 이 팔도 테이밍을 하다가 실수로 잘린 거야."

"…테이머라고요?"

뜻밖의 단어였다. 에이단은 물론 바율과 일라이까지 깜짝 놀라 눈을 홉떴다.

"그게 그렇게 놀랄 일인가?"

"그건 아니지만…… 테이머라고 해서 변신수의 새끼를 알아볼 수 있는 것은 아닐 텐데요?"

"글쎄. 테이머는 내가 아니라서."

데스가 답변을 바르에게 넘겼다.

꿀꺽!

긴장이 고조되며 입에 침이 고였다. 바르가 데스의 시선을 피해 눈을 내리깔며 더듬더듬 말했다.

"테, 테이머도 테이머 나름이거든. 난 어떤 동물이든 한 번 보면 다 알아볼 수 있어!"

"진짜요? 어떻게요?"

진심으로 궁금해서 묻는 말이었다. 자신과 같은 능력자를 에이단은 실제로 처음 보는 것이었다. 이참에 그에 관해 배울 수 있는 게 있다면 뭐든 배우고 싶었다.

"그건…… 뭐라 설명하기가 애매한데……."

에이단의 저돌적인 질문 공세에 바르가 주춤거렸다. 그가 데스의 눈치를 슬쩍 살피다가 작은 목소리로 덧붙였다.

"변신수 새끼는 말이지…… 그냥 딱 보면 감이 와."

"감이요?"

"어, 되게 맛있게 생겼다고 해야 할까?"

"맛있게…… 생겼다고요?"

"네 부엉이도 봐. 침 넘어가게 생겼잖아. 변신수 새끼 안
먹어 봤지? 그게 완전 별미 중의 별미야! 없어서 못 먹는다
니까?"

어때? 이만하면 설명이 좀 되었지?

"뭐, 뭐를 먹는다고요?"

농담이라곤 전혀 느껴지지 않는 얼굴이었다. 입맛까지
다셔 가며 열렬히 설파하는 바르를 보며 다들 경악을 금치
못했다.

2.

식사 시간이 어떻게 흘러갔는지 모를 정도로 빠르게 지
나갔다. 바르의 망언(?)으로 인해 잠시 위기가 있긴 했지
만, 리타의 한결같은 음식 솜씨가 분위기를 바꾸는 데 일조
했다.

데스, 바르, 아몬.

볼수록 이상한 삼 형제였다. 독특한 분위기도 분위기지
만, 아무리 봐도 남의 집에서 하인으로 일할 사람들로는 보
이지 않았다.

신분이 높은 자들에게서 느껴지는 특유의 느낌이라고 할

까. 기이하게도 데스뿐 아니라 바르와 아몬 모두에게서 그러한 기운이 느껴졌다.

그들은 상명하복의 질서가 매우 엄격했다. 맏형인 데스에게 꼬박꼬박 존댓말을 썼고, 그의 눈빛 한 번이면 재잘재잘 떠들다가도 바싹 긴장하는 게 보였다.

"맛있군."

"진짜 엄청나게 맛있습니다! 역시 스승님이 최고입니다!"

"리타 양의 요리는 먹어도 먹어도 질리지가 않는군요. 바르 형님의 음식이 어서 이 맛의 반만이라도 따라갔으면 좋겠습니다."

각자의 화법으로 리타의 음식을 찬양하며 엄지를 세우는 모습이 순수해 보이는 한편, 언뜻언뜻 나타나는 표정들이 음산할 때가 있었다.

"저렇게 둬도 돼?"

식사 후 다 같이 정원에 나와 볕을 쬐며 차를 마시는 중이었다. 일라이가 바르와 놀고 있는 잉그리드를 보며 소곤거렸다.

"아까 봤잖아. 잉그리드를 보고 입맛을 다신 놈이야. 뭔 짓을 할지 모른다고."

바르는 테이머답게 오늘 처음 만난 잉그리드와 죽이 잘

맞았다. 잉그리드는 이사장에게 그랬듯 바르에게도 전혀 낯을 가리지 않았다.

그의 부름에 망설이지 않고 날아간 것은 물론, 그의 팔과 어깨, 머리 등을 자유자재로 옮겨 가며 기분 좋은 울음을 토했다. 이노센트 이후로 제2의 절친이라도 사귄 것 같았다.

바르 역시 거친 외모와는 달리 잉그리드를 다루는 말투나 손짓 등이 한없이 부드럽고 다정했다. 변신수의 새끼가 별미 중의 별미라며 놀라게 할 때는 언제고, 무척이나 따뜻한 눈빛으로 잉그리드를 대했다.

"저 쪼그만 녀석이 먹을 데가 어디 있다고 입맛을 다시냐? 저 모습도 다 가식일 거야. 지금 속으로는 한입에 잡아먹을 생각만 하고 있을걸?"

"라이, 목소리 낮춰. 다 듣겠다."

"바율, 너도 신중하게 다시 결정해. 저 삼 형제를 계속 여기에 두는 건 너한테도 안 좋아. 분명 불길한 일이 벌어질 거라고."

"라이, 나 뭐 하나만 묻자."

잉그리드와 바르가 노는 모습을 물끄러미 쳐다보고만 있던 에이단이 할 말이 있는지 입을 열었다.

"너 저 형제들에게 무슨 악감정이라도 있냐?"

"…뭐?"

"줄곧 안 좋은 말들만 쏟아 내고 있잖아. 우리 모르게 저들이 너한테 무슨 잘못이라도 저질렀어? 너야말로 왜 저 형제들을 못 잡아먹어서 안달인데?"

"안달 내는 게 아니라, 그냥 좀 꺼림칙해서 그렇다니까? 말로는 설명하기가 좀 그런데, 그냥 내 느낌이 그래. 맘에 안 든다고."

"설마 너, 바르와 아몬의 몸이 불편하다고 해서 편견 같은 거 갖는 건 아니지?"

"날 그렇게 형편없는 놈으로 보는 거냐?"

"아니면 다행이고."

남은 걱정해서 하는 말이구먼, 에이단에겐 일절 통하지 않았다. 오히려 녀석은 그들을 변호하고 나섰다.

"아까 보니까 식사 후에 설거지까지 직접 하더라. 더운 날 뜨거운 불 앞에서 요리하느라 고생했다며 리타에게 부채질도 해 주고 얼음물까지 주더라니까? 리타가 몸이 좀 뻐근하다고 하니 아몬이 마사지를 해 주는데, 완전 전문가 수준이었어. 나도 한번 받아 보고 싶었을 정도야."

"전문가는 개뿔. 넌 이 정원 꼴이 안 보이냐? 난 메뚜기 떼라도 다녀간 줄 알았다."

일주일 만에 돌아온 저택의 정원엔 알 수 없는 모양의 나무가 상당수 늘어나 있었다.

"…취향을 바꾸기 위해 노력하는 중이야."

이 부분에 대해선 바율도 딱히 변명할 방법이 없었다. 아몬에게는 시간이 좀 더 필요했다.

"바율! 너까지 편드는 거냐?"

"그래도 착한 사람들 같아서……."

"변신수 새끼를 먹었다잖아! 너희는 그게 역하지도 않아?"

심히 충격적이긴 했다. 변신수 새끼가 별미 중의 별미라며 입맛을 다시던 모습이 아직도 생생하다. 당시 잉그리드를 머리에 이고 있던 에이단은 본능적으로 뒷걸음질을 치기도 했다.

"일단 좀 물어봐야겠어."

일행과 데스 형제의 테이블 사이는 다소 거리가 있었다. 갑자기 에이단이 그들에게로 성큼성큼 걸어갔다.

"잉그리드!"

에이단이 잉그리드를 부르자 녀석이 득달같이 날아와 부리를 비벼 댔다. 신이 나서 놀고는 있었지만, 녀석은 자신이 있을 곳이 어디인지 확실하게 알고 있었다.

"저, 뭐 하나만 여쭤봐도 될까요?"

"나한테?"

"네, 실례가 되는 질문일 수도 있습니다."

에이단의 어깨에서 총총거리며 뛰노는 잉그리드를 사랑스럽다는 듯 바라보며 바르가 고개를 끄덕였다.

"뭐든 물어봐."

"…그 팔 말입니다. 테이밍을 하다가 다치셨다고 들었는데, 테이밍은 어떻게 하는 거죠?"

"그게 네가 왜 궁금하지?"

에이단이 망설이며 친구들을 돌아봤다.

'말해도 될까?'

오늘은 이상한 날이었다. 처음으로 자신이 테이머란 사실을 안 데다가, 이제껏 살면서 한 번도 보지 못했던 자신과 같은 능력자를 이런 엉뚱한 곳에서 찾아냈다.

잘은 몰라도 상대는 본인이 테이머란 사실을 오래전부터 알았고, 그 일을 직업으로 삼기도 했었던 것 같다. 솔직히 털어놓고 조언을 구해 보는 게 현재의 에이단에겐 최선의 선택이었다.

"…실은 저도 테이머입니다."

"네가?"

"어이없게도 그걸 오늘 알았습니다."

"알게 된 방법은?"

"…그건 좀 말하기가 곤란한데요. 저만 관여된 일이 아니라서……."

"뭐야? 무슨 일인데 그런 얼굴로 자꾸 돌아봐?"

에이단이 불쌍한 표정으로(일라이의 눈에는 그렇게 비쳤다) 거듭 뒤돌아보자 보다 못한 일라이가 씩씩거리며 합류했다. 그런 친구가 사고라도 칠까 싶어 바율도 서둘러 일라이를 뒤따랐다.

"테이밍에 대해 물어봤어."

"테이밍? 그걸 왜 이자한테 물어봐?"

"같은 테이머한테 물어보지, 그럼 누구한테 묻냐? 라이, 네가 가르쳐 줄래?"

당연한 사실에 계속 화를 내는 일라이가 짜증이 났는지, 에이단이 좀 쏘아붙이자 녀석은 순간 꿀 먹은 벙어리가 되었다. 할 말이 없었기 때문이다. 생각해 보면 정말 바보 같은 질문이었다.

'그래도 싫어. 난 저 셋이 왜 이렇게 마음에 안 들지?'

에이단의 경고 섞인 눈빛에 조용히 입을 다물긴 했지만, 데스 형제를 향한 일라이의 경계심은 도무지 사그라들지 않았다.

"바율, 오늘 일에 대해 얘기해도 될까?"

"그 전에, 이언 경이나 리타에게 말하지 않겠다고 약속해 주세요."

그 둘에게 오늘 일이 알려지면 아버지께서 아시는 건 시간 문제다. 바율은 먼저 확답을 받고 싶었다.

"그렇게 하지."

데스의 허락이 떨어졌다. 바르와 아몬도 절대 말하지 않겠다며 손을 들고 맹세했다.

"마침 이곳에 우리만 있는 게 다행이네요."

에이단은 삼나무 언덕에서 있었던 일을 간략하게 늘어놓았다. 자초지종을 다 말할 필요는 없었기에 어째신과 늑대에 대한 부분만 추려서 옮겼다. 필요한 얘기를 듣기 위해선 그것만으로도 충분했다.

"그러니까 전부터 동물과 교감하며 친구처럼 지내 오긴 했지만, 오늘처럼 늑대를 조종한 건 처음이었다. 그거지?"

"네, 늑대 같은 맹수를 만난 적이 없었거든요. 다른 동물들은 대개 제가 부탁을 하면 들어주는 편이었고, 그렇기에 그들에게 강제로 명령을 내린다거나 그러는 걸 상상도 해 보지 않았습니다."

"쯧쯧, 그게 문제구먼."

돌연 바르가 끌끌 혀를 찼다.

"친구 사이? 그거 좋지. 근데 넌 친구가 명령하면 무조건 따라 주나? 그래?"

바르가 바율과 일라이를 가리키며 물었다. 에이단은 황당함이 가득한 어조로 대답했다.

"친구 사이에 명령을 한다는 것 자체가 말이 안 되는 것 아닙니까?"

"너도 그렇게 생각하지?"

그 말을 기다렸다는 듯 바르가 씩 웃었다.

"테이밍은 부탁하는 게 아니야. 주인이 종에게 하듯 명을 내려야지."

"…주인이라고요?"

한 번도 그렇게 생각해 본 적 없었다. 낯선 단어에 에이단이 얼굴을 찌푸리자 바르가 마저 설명했다.

"친구처럼 접근하는 게 나쁜 건 아니야. 하지만 상하 관계를 분명하게 해야만 강력한 테이머가 될 수 있어. 동물은 소통으로만 감당할 수 있는 존재가 아니거든. 그들은 약한 상대에겐 절대로 복종하지 않아."

"…하면 그 늑대들은 왜 제 뜻을 따랐을까요? 한 마리도 아니고 무려 다섯 마리나 되었는데 말이죠."

에이단은 늑대보다 강하지 않다. 무기를 들고 있었어도 일대일로 싸워서 이길 수 없었다. 녀석들의 힘과 빠르기는 웬만한 기사가 아니고서야 상대하기 어려웠을 것이다.

"내 말을 잘못 이해했군."

바르가 잘 들으라는 듯 얘기했다.

"네가 키워야 할 건 체력, 무력과 같은 육체적인 힘이 아니라, 정신력이야. 강한 사고로 그들의 머릿속을 침투해서 지배해야 해. 의지, 투지, 기세. 뭐 이런 것들도 기르면 좋겠지."

"한마디로 약한 티를 내지 말라는 거네."

일라이가 끼어들며 한소리 내뱉자 바르가 약간 기분 나쁜 티를 냈지만, 굳이 무어라 하지 않고 넘어갔다.

"오늘 늑대들이 네 말을 들은 건, 네가 그만큼 절실했기 때문일 거다. 절실함은 강한 의지를 불러내거든. 운이 좋았지."

바르는 마치 꼭 딴사람 같았다. 요리를 못해 리타에게 맨날 구박만 당하고, 가끔 말실수해서 데스에게 혼나던 그가 지금은 완벽한 조언자로 탈바꿈했다.

바르가 이토록 조리 있고 길게 말하는 모습을 바율은 오늘 처음 보았다. 그가 입만 열면 조용히 닥치고 있으라던 데스도 웬일인지 잠잠했다. 동생의 테이머 능력을 인정하고 존중해 주는 느낌이었다.

"정신력이란 건 어떻게 키우는 겁니까?"

에이단의 질문은 계속되었다. 녀석은 오늘 바르를 만난 김에 모든 궁금증을 해소하기로 마음먹었다.

"그걸 왜 나한테 물어?"

그런데 이제껏 꼬박꼬박 잘 답해 주던 바르가 이번에는 비딱하게 받아쳤다.

"그건 네가 알아서 해야지. 이 정도 말해 줬으면 됐지, 내가 밥까지 떠먹여 줘야 해?"

"그건 아니지만……."

당황한 에이단이 버벅거리자 바르가 마지막으로 한마디만 더했다.

"약한 동물들부터 시작해 봐. 내가 도와줄 수 있는 건 거기까지다."

이 정도면 엄청난 친절을 베푼 것이었다. 바르의 본모습을 아는 이들이 보았다면 절대 믿지 못할 풍경이었다.

"바르! 나 좀 도와주세요!"

그때 마침 바르를 찾는 리타의 음성이 정원 밖으로 울려 퍼졌다.

"예, 스승님! 갑니다!"

일말의 지체함도 없었다. 바르가 전광석화처럼 일어나더니 부리나케 저택 안으로 뛰어 들어갔다. 그런 그의 목소리나 태도가 너무나 깍듯해서 에이단과 일라이는 다소 혼란스러웠다.

아무래도 이 집의 실세는 바율이 아니라 리타인 것 같았다.

Chapter 7.
높아진 친화력

1.

다사다난했던 주말이 지나고 월요일이 돌아왔다. 본의 아니게 생긴 비밀 때문에 바율은 주말 내내 이언과 리타의 눈치를 살폈다. 행여 이언이 다른 경로를 통해 사실을 알아낼까 염려스러웠고, 바르가 입을 잘못 놀려 리타의 귀에 들어가는 건 아닐까 걱정스러웠다.

하지만 다행스럽게도 그러한 일은 벌어지지 않았고 평소처럼 평범하고 무탈하게 주말을 보냈다.

"바율, 몸은 좀 어때?"

수업을 마친 바율은 엘레인과 함께 바그너 사제의 부름을 받고 신전으로 가는 중이었다. 일전에 친화력이 생겼다는 얘기를 들은 이후로 이번이 첫 번째 방문이었다.

"응, 괜찮아. 엘레인 너는 주말 잘 보냈어?"

"잘 보냈겠냐. 곧 시험이잖아. 벌써 죽겠다, 죽겠어."

엘레인의 앓는 소리에 바율은 풋 하고 웃음을 터뜨렸다.

"왜 웃어?"

자신이 웃긴 말을 한 것도 아닌데 바율이 웃자 엘레인이 의아해하며 물었다.

"왠지 너랑 안 어울려서."

"……?"

"나한테 무뚝뚝하게 굴던 모습 잊었어? 사실 그때 나 네가 정말 어려웠거든. 지금 내 앞에서 이렇게 투덜거리는 모습이 신기하기도 하고 고맙기도 해."

사절단으로 함께 황궁에 갔었던 것이 전화위복이 된 셈이었다. 그때의 일을 떠올리자 다시금 입가에 미소가 그려진다.

"지난 일은 그만 잊어 줘라. 그때만 생각하면 지금도 창피해서 자다가 가끔씩 이불 뻥뻥 찬단 말이야."

"쿡쿡, 알았어. 미안, 다시는 얘기 안 꺼낼게."

"진짜지?"

"응, 약속해."

바율의 선언에 엘레인이 그제야 편히 고개를 들더니, 불쑥 이사장에 대해 물었다.

"근데 이사장님 말이야. 어떤 분이야? 너희는 만나 봤지?"

라예가르가 아카데미에 처음 등장하던 날, 일라이와 함께 친구들이 이사장실을 방문한 얘기가 이미 파다하게 번졌다. 덕분에 간혹 지금처럼 바율에게도 이사장에 대해 물어오는 아이들이 있었다.

"…으응, 라이와 함께 잠깐 뵈었어."

"어땠어? 난 멀리서밖에 못 봤거든. 라이처럼 엄청나게 잘생기셨다며? 카리스마가 장난 아니라던데?"

'카리스마라……'

그래, 어떤 면으로는 그걸 그렇게 표현해도 딱히 이상하진 않겠다. 어쨌든 모든 걸 뜻대로 해내시는 분이기는 하니까.

"재밌는 분이셨어. 라이와 친구처럼 장난도 잘 치시고…… 이것저것 아시는 것도 많고…… 우리에게도 잘 대해 주시고……."

사실을 왜곡시키고 싶지는 않았지만, 어쨌든 상대는 일라이의 양아버지였다. 바율로서는 이것이 최선이었다.

"오, 역시 내 예상이 맞았어! 깨어 있으신 분이야!"

"…어?"

"자레드 자식을 한 방에 해결하셨잖아. 그걸 어느 누가 그렇게 할 수 있겠냐? 정의 구현자. 딱, 이사장님 같은 분에게 어울리는 말이야."

바율은 주변을 획획 돌아봤다. 근처에 일라이가 있는지 살핀 것이다.

'휴, 없어서 다행이야.'

토요일에 이사장님 댁을 방문한 일로 안 그래도 신경이 날카로운데, 이런 말을 듣게 된다면 어떻게 폭발할지 모른다. 가능한 한 사전에 차단해야만 했다.

"자레드 그 자식, 지금 어디서 뭐 하고 있을까?"

"글쎄…… 황도로 돌아갔겠지?"

"아니. 가면 헥터 공작에게 엄청나게 깨질 텐데, 바로 돌아갔을 리 없어. 안 봐도 뻔하지. 어디 처박혀서 난잡하게 놀고 있을 거다."

정학을 당한 직접적인 사유도 노름에, 술은 물론이거니와 창녀까지 끌어들였기 때문이었다. 개과천선이라도 했다면 모를까. 녀석은 절대 바뀌지 않았을 것이다.

"바율, 그 자식이 보복할지도 몰라. 너희 때문에 퇴학당했다고 생각할 게 분명하거든. 그러니 당분간은 조심하도록 해."

"…응, 엘레인. 고마워."

벌써 한차례 큰일을 치른 후지만 바율은 말을 아꼈다. 엘레인을 믿지 못해서가 아니라, 이 일이 공론화가 돼서 아버지에게 알려지고 해밀턴으로 돌아가게 될까 봐 그것이 내심 걱정이었다.

"신전에 온 김에 나단 만나고 갈래?"

"아직은 좀 이른 것 같아. 나중에, 녀석이 마음을 더 추스른 이후에 보러 갈게."

나단이 발코니에서 뛰어내리기 직전, 녀석을 자극한 것이 바율이었다. 회유하고자 내뱉은 말에 더 큰 상처를 입고 결정을 굳힌 것이다.

바율을 보면 그때의 화가 다시금 생겨날 수도 있다. 적절하지 못했던 당시의 말에 대해선 후에 꼭 사과를 하고 싶었다. 지금은 나단이 빠르게 건강을 회복하기를 바랄 뿐이었다.

"나름 잘 지내고 있으니까 걱정 마. 오늘부터는 수업에도 참석할 거야."

"와, 정말? 많이 좋아진 모양이구나!"

"그래도 혹시 몰라서 계속 주시는 해야 해."

다시는 같이 일이 반복되어서는 안 된다. 금번 사태로 경각심을 갖게 된 아카데미 측에서도 교내 폭력을 방지하기 위한 단체를 결성하기 위한 방안을 추진 중이었다.

"신학부가 고생이네. 나라도 일을 좀 덜어 드려야 할 텐데."

"우리 신학부가 하는 일이 바로 그런 거야. 새삼스러운 것도 아니거든?"

신학부생으로서 자부심이 강한 엘레인이었다. 그가 별일 아니라는 듯 바율의 어깨를 두드리며 앞을 가리켰다.

"다 왔다. 안에서 기다리고 계실 거야."

"데려다줘서 고마워, 엘레인. 이따가 식사 시간에 봐."

"그래, 치료 잘 받아라."

엘레인의 눈에는 바율이 멀쩡하게만 보였지만, 속은 알 수 없는 일이었다. 그는 부러 아무것도 묻지 않고 손을 흔들며 사라졌다.

똑똑.

바율이 문을 두드리자마자 들어오라는 바그너 사제의 목소리가 들렸다. 처음 만나는 것이 아님에도 바율은 여전히 조금 긴장되었다.

"바율이구나. 우리 꽤 오랜만이지?"

"안녕하세요, 바그너 사제님. 그간 잘 지내셨습니까?"

"나야 뭐 언제나 똑같지. 사절단으로 뽑혀 황궁에 갔었다는 얘기는 전해 들었다. 란데르트 공작 전하도 뵙고 좋은 시간이었겠구나."

"어렵고 어색하기도 했지만, 그래도 즐겁고 특별한 경험이었습니다."

"그래, 학생 신분으로 베르가라를 갈 기회는 흔치 않지. 더욱이 황태자 전하의 성년식 행사였으니 의미도 있었겠고. 그래도 장시간 기차를 타는 일이 쉽지는 않았을 텐데, 몸은 괜찮았니?"

"네, 약간 피곤할 때가 있기는 했지만 별 이상은 없었습니다."

"수면도, 식사도 잘하고 있고?"

"네."

새로운 병이 생기지 않는 이상 이제 더는 전처럼 아플 일은 없었다. 바율의 당찬 대답에 바그너 사제가 안심이라는 듯 인자한 웃음을 띠었다.

"내가 보기에도 전보다 얼굴이 좋아진 것 같긴 하구나."

아들에 대한 염려로 가득했던 란데르트 공작의 서찰이 이해가 되지 않을 정도로 바율은 건강해 보였다. 마르고 창백한 피부 때문에 유약한 인상이 남아 있긴 하지만, 전체적으로 분위기가 많이 밝아졌다. 아카데미 생활이 제법 잘 맞는다는 뜻이니 기쁜 소식이 아닐 수 없다.

"그럼 어디 점검을 한번 해 볼까?"

바그너 사제의 지시에 바율이 침상으로 이동했다. 그가

익숙한 동작으로 양손을 교차시킨 뒤 바율의 복부에 손을 올렸다.

바율은 눈을 감고 집중하는 바그너의 사제를 가만히 올려다보았다.

오늘은 어쩐지 전과는 느낌이 좀 달랐다. 처음이 아니어서일까. 분명 이질적인 기운이기는 한데, 낯설지가 않다. 그사이 적응이라도 한 건지 거부감이 거의 들지 않았다.

"……!"

그때 갑자기 바그너 사제가 눈을 번쩍 떴다. 그는 이번에도 몹시 놀란 것 같았다. 익숙하다면 익숙한 광경이다.

친화력 말고 다른 문제라도 생긴 건가?

침상에서 일어나는 바율은 문득 걱정스러운 마음에 바그너 사제를 조심히 불렀다.

"…사제님?"

한데 아무 말씀이 없다. 눈빛만이 불안하게 요동치고 있었다.

"이, 일단 앉거라."

그러길 잠시 후, 바그너 사제가 겨우 진정하며 바율과 소파로 자리를 옮겼다.

"휴우."

심호흡까지 내뱉는 걸 보면 그리 단순한 문제가 아닌 듯

했다.

정령의 기운을 이제라도 느끼신 걸까? 물어보시면 뭐라고 답해야 하지?

제발 그럴 일이 없기만을 바랄 뿐이다.

"이, 이게 나도 어떻게 된 일인지 모르겠다."

바그너 사제가 떨리는 음색으로 이야기를 시작했다.

"놀라지 말고 듣거라. 네가 가진 친화력이…… 전보다 더욱…… 높아졌다."

"…높아졌다니요? 그게 무슨 뜻입니까?"

"그러니까 쉽게 말하면, 바율 네게서 느껴지던 데스페라티오 님의 기운이 훨씬 강해졌다는 소리다."

"네에에?"

친화력이 생긴 것부터가 말도 안 되는 일이거늘, 그게 강해졌다고? 아니, 어째서? 그보다 어떻게?

기실 바율은 친화력에 대해 거의 잊고 지냈다. 신도도 아닐뿐더러, 그로 인한 몸의 변화도 별달리 없었기 때문이다.

마신과의 친화력이 몸을 보호해 준다기에 좋은 게 좋은 거라고 여겼을 뿐 관심을 아예 끊고 있었다.

"이전에도 고위 사제에게나 느낄 수 있을 정도의 강한 친화력이었다. 한데 지금은……."

'지금은……?'

바그너 사제는 차마 말을 잇지 못했다. 평생을 신전에 몸 바쳐 일한 자신보다 강력한 친화력을 가진 것을 도저히 납득할 수 없었다. 질투 따위가 아니었다. 그것도 어느 정도 비슷한 수준이라야 가능했다.

이런 선례는 듣지도 보지도 못했다. 이전에는 신도들의 사기 저하를 걱정해 침묵하기로 결정했지만, 이제는 어찌해야 할지 감이 서질 않았다. 일개 사제일 뿐인 그가 감당하기에는 너무나 큰 사안이 되어 가고 있었다.

"잠시만 기다리고 있거라."

말끝을 흐리던 바그너 사제가 돌연 급하게 방을 나섰다. 제대로 설명을 듣지 못한 바율은 괜한 불길함에 주위를 왔다 갔다 서성거렸다.

얼마 지나지 않아 바그너 사제가 돌아왔다. 그런 그의 손에는 두꺼운 책 한 권이 들려 있었다.

"받거라."

시커먼 표지에 테두리가 금박으로 채워진 책이었다. 글자는 전혀 쓰여 있지 않았고, 중앙에 그림이 하나 그려져 있었는데 그 모양이 조금 특이했다.

뒷모습이었는데, 형체가 없다고 해야 할까? 허공에 두 장의 검은색 날개만이 덩그러니 그려진 형국이었다.

"데스페라티오 님의 성서다."

"…성서요?"

"그래, 그분의 말씀이 담긴 책이란다."

"이걸 왜 제게……?"

"그러게 말이다. 그건 나도 잘 모르겠구나."

바그너 사제가 어깨를 으쓱였다.

"그냥 그래야 할 것 같아서, 라고 말하는 게 지금 내가 할 수 있는 말의 전부인 듯하다. 네가 성서를 읽든 그렇지 않든, 지니고만 있어도 괜찮지 않을까 싶어서 말이지."

'이것이 신의 뜻이라면 분명 이유가 있겠지.'

바율은 모를 것이다. 녀석의 신분 때문에 감히 신학부에 들어오라 권하지 못하는 바그너 사제의 심정을.

"아무래도 바율 네게 데스페라티오 님의 강한 축복이 서린 것 같구나. 축하한다."

얼떨떨한 얼굴로 성서를 손에 든 바율을 바그너 사제가 부럽다는 듯 바라보며 빙긋이 웃음 지었다.

2.

"얘들아아아!"

기숙사로 돌아온 바율이 성서를 내려놓자마자 문이 격하

게 열렸다. 조용히 침대에 누워 책을 읽고 있던 퀸이 그에 눈살을 찌푸렸지만, 다행히 방문객은 그런 녀석의 표정을 알아차리지 못한 눈치였다.

"어라? 여기 다 모여 있을 줄 알았는데 아니네?"

예상과 달리 달랑 둘만 있는 것을 보고 슈빅이 목덜미를 긁적였다.

"이러면 안 되는데……."

"슈빅, 무슨 일인데 그래? 새로운 소식이라도 있어?"

정보통인 그가 이렇듯 요란하게 군다는 건 뭔가 흥밋거리가 있다는 소리였다. 바율이 친절하게 의자를 내주며 묻자 슈빅이 마다하지 않고 기꺼이 둔부를 붙이고 앉았다.

"소식이야 늘 많지. 근데 오늘은 다른 일로 온 거야."

"다른 일?"

"엉. 로티어스 교수님 심부름으로 온 건데, 그보다 너희 이번에도 스터벤라우치 도서관에 모여서 공부할 거지? 나도 좀 껴 주라. 나 그때 점수 꽤 잘 나왔거든!"

누구처럼 수석은 못 했지만, 그래도 만족할 만한 성과에 슈빅은 환호했었다.

"기말고사만큼은 더 열심히 해서 꼭 십 등 안에 들어야지!"

다짐까지 하는 녀석에게는 미안하지만, 바율은 비보를 전하지 않을 수 없었다.

"이런, 어쩌지? 이번에는 시험공부 도서관에서 안 하기로 했는데……."

"으잉? 진짜로? 아니, 왜?"

왜긴 왜야. 너같이 시끄러운 녀석이 끼어드는 게 싫으니까 그렇지.

책을 덮고 일어서는 퀸의 차가운 눈빛이 그렇게 말했지만, 슈빅은 이번에도 자기 말을 하느라 바빴다.

"중간고사 때 다 같이 공부해서 성적 좋았잖아. 이번에도 모여서 하자! 어?"

"우린 각자 따로 해도 아무 상관 없거든?"

"라이!"

슈빅의 부탁에 바율이 곤욕스러워하는 찰나, 일라이가 촌철살인을 날리며 방으로 들어섰다.

"그때 네가 하도 떠들어서 내 귀가 얼마나 힘들었는지 알기는 하냐? 시험공부 하겠다고 쫓아온 녀석이 쓸데없는 잡담이나 잔뜩 늘어놓고. 다시는 너랑 공부 따위는 하지 않겠다고 내가 굳게 맹세했지."

일라이가 약이라도 올리듯 우아한 미소를 날리며 바율의 침대에 철퍽 누웠다.

"야, 라이! 너 말이 너무 심한 거 아니냐? 내가 뭘 얼마나 떠들었다고 그런 맹세까지 해?"

"가해자는 평생 모를 거야. 피해자가 어떤 심정으로 그걸 견뎌 내는지."

"헐! 내가 가해자고, 네가 피해자란 얘기냐?"

시험공부 좀 같이하자고 말했다가 가해자란 소리까지 듣게 될 줄이야. 얼마나 어이가 없으면 슈빅이 답지 않게 말을 잇지 못했다.

"라이, 그런 말이 어디 있어. 슈빅이 좀 부산스럽긴 했지만, 그래도 가해자란 표현은 심하지."

바율은 즉시 중재에 나섰다. 일라이가 왜 저렇게까지 말하는지 짐작은 갔다. 녀석은 지금 슈빅이 아니라 양부인 라예가르 때문에 저렇게 꼬인 반응을 하는 것이다. 확실히 요즘 많이 예민해졌다.

"바율, 네가 듣기에도 그렇지? 학부 수석까지 차지했으면서 저게 할 소리냐? 와! 치사하다, 치사해! 두 번만 시험공부 같이하자고 했다가는 고소라도 당하겠어!"

"…미안. 내가 좀 지나쳤다."

일라이의 사과는 빨랐다. 뭔가를 떨쳐 내려는 듯 그가 머리를 가로저으며 슈빅에게 말했다.

"요즘 좀 스트레스 받는 일이 있어서 날카롭게 반응한 것 같아."

"무슨 일인데?"

성격 좋기로 유명한 일라이가 이렇게까지 나오니 슈빅으로선 당연히 궁금해진다. 그러나 일라이는 그에 대해 입을 열 생각이 전혀 없었다. 슈빅에게는 더더욱.

"별로 말하고 싶지 않다."

"집안일인가 보네. 알겠다!"

가족은 건드리지 않겠다는 본인의 소신을 지키고자 슈빅은 그 이상 묻지 않았다.

"어쨌든, 그럼 시험공부는 같이하는 거지?"

"아니, 미안하지만 그건 싫어."

"야, 라이……!"

"대신 정리 노트는 빌려줄게. 그게 나에겐 최선이니까 더는 요구하기 없기다."

일라이가 딱 자르며 단호하게 굴자 슈빅도 더는 조를 수가 없었다. 정리 노트라도 얻은 게 어디인가. 아쉽지만 그 정도로 만족하기로 했다.

"아, 참! 이거 물어본다는 게 깜박했다! 바율, 황태자 생신 파티 때 헥터 공작가와 한판 붙었다면서? 엄청난 미모의 여기사님이 예거 단장을 단칼에 무찌르셨다고 하던데, 얘기 좀 해 주라. 너도 잘 아는 분이야?"

"내가 너 여기서 이러고 있을 줄 알았다!"

열린 기숙사 문 너머로 '그럼 그렇지' 하며 에이단이 걸어 들어왔다.

"에이단, 왔어?"

"도서관 알바 이제 끝났나 보지?"

"어휴, 오늘 책만 수백 권을 날랐더니 팔 빠지기 직전이
다."

"이리 와서 좀 쉬어."

일라이가 친구를 위해 기꺼이 몸을 움직여 침대의 절반
을 내어 줬다.

"후훗, 나도 너희가 이리로 모일 줄 알고 미리 와 있었던
거지. 베르가라에서 본 대련 이야기 좀 해 봐. 지금 그 얘기
로 다들 난리란 말이야!"

황궁에서의 일이, 주말을 기점으로 학생들 사이에서도
짜하게 퍼졌다. 때마침 자레드가 퇴학을 당하기까지 했으
니 입방아를 찧기에 이보다 더 좋을 순 없다. 두 부자가 쌍
으로 망신살이 뻗쳤다면서 대부분의 아이들이 고소해하는
중이었다.

"이미 다 들었으면서 뭘 더 얘기하라는 거냐? 헤이즈 경
이 예거 단장을 꺾은 거, 그게 다야."

에이단이 신발을 벗어 던지더니 그대로 침대로 엎어졌
다.

"아휴, 피곤타! 어디서 돈벼락 좀 맞았으면 좋겠네! 사는

게 왜 이렇게 힘드냐!"

"딴소리 말고, 그날에 대해 낱낱이 얘기 좀 해 보라니까? 예거 단장의 공격을 헤이즈 경이 어떤 식으로 방어를 했는지, 예거 단장은 어떻게 항복을 선언했는지 등 최대한 자세하게 말해 달라고!"

"맨입으로?"

에이단이 돌아누우며 며칠 전 이사장에게서 배운 스킬을 시전했다. 말투까지 흉내 내는 녀석의 솜씨에 일라이가 못 말린다는 듯 혀를 찼다.

"내가 거래라면 또 자신 있지. 자레드 소식 궁금하지 않아? 지난 주말에 녀석이 뭘 했는지 알려 줄 수 있는데."

"그 자식 지금 어디 있는데?"

지난 주말이라면 자레드 덕분에 그들이 생애 처음으로 목숨을 위협받은 역사적인(?) 날이었다.

"자기네 영지로 돌아간 거 아니었어?"

"너 같으면 무서워서 갔겠냐?"

공작가의 후계자가 불명예스러운 퇴학을 당했으니 조용히 넘어가기는 글렀다. 가문 내에서 따로 징계가 있을지도 모를 일이다. 본인이 자초한 일이니 그다지 딱할 건 없지만, 계속 이 도시에 머무르고 있다는 게 마음에 걸리기는 한다.

"듣자 하니까, 친구들을 대거 불러다가 파티를 열었단다. 떠나기 전 마지막 송별 파티라나 뭐라나. 녀석이 비싼 선물까지 준비해서 돌리는 바람에 꽤 많은 애들이 참석한 것 같더라."

"그 와중에 뭘 열었다고?"

기가 차다 못해 웃음이 튀어나왔다.

"그 자식 미친 거 아냐? 우리한테 그딴 짓을 저지르고 파티를 열어? 완전 또라이 중에서도 상또라이 같은 놈이네!"

"그 짓? 너희한테 또 뭔 짓 했어?"

"…아니, 나단에게 말이야. 녀석은 아직도 힘들어하는데, 반성하는 척이라도 해야 할 것 아니야!"

"그 자식이 퍽이나 반성하겠다. 넌 아직도 자레드를 모르냐?"

아니, 이제 완전히 이해하고 있다. 그래서 어떻게 응징을 해야 할까 고민 중이기도 하다.

"자, 이제 네가 말해 봐. 헤이즈 경이 그렇게 예쁘냐?"

흥분은 나중에 해도 충분하다며 슈빅이 다가와 엉덩이를 들이밀었다.

"야, 좁아! 너도 눕고 싶으면 저기 가서 누워!"

"퀸 침대 빈 거 안 보여?"

에이단과 일라이가 볼멘소리를 내자 슈빅이 엉거주춤한 자세로 퀸을 힐긋 돌아보았다.

"……!"

그리고 냉기가 철철 흐르다 못해 얼어붙을 것 같은 차가운 푸른색 눈동자와 시선이 부딪쳤다.

"…그건 안 되겠는데, 애들아."

"뭐?"

"왜 안 되는데?"

슈빅은 말없이 퀸을 눈짓했다. 저 얼굴을 보고도 실천에 옮길 수 있다면 그건 배포가 남다른 것이다. 자신은 그럴 깜냥이 안 되었다.

"퀸, 설마 네 침대라고 못 앉게 하는 거냐?"

"친구끼리 같이 좀 쓰면 어때서?"

"더러워."

팔짱을 낀 채 도도한 자태로 앉아 퀸이 쏘아붙였다.

"너희 옷에 뭐가 묻었을 줄 알고 내 침대를 내줘? 불결한 건 딱 질색이야."

"호오, 그러세요?"

"우리가 그렇게 불결하셨어요?"

일라이와 에이단이 한마음으로 대동단결했다.

'설마…….'

바율이 혹시나 하는 순간, 이미 둘은 움직였다. 말릴 틈
도 없었다. 녀석들이 후닥닥 일어나더니 퀸의 침대를 향해
다이빙했다.

"너, 너네…… 미쳤어?"

예상치 못한 돌발 상황에 퀸이 말까지 더듬거리며 부르
르 몸을 떨었다.

하지만 에이단과 일라이의 만행은 거기서 끝이 아니었
다. 보란 듯이 퀸의 베개와 이불에 자신들의 얼굴과 몸을
비벼 댄 것이다.

"오늘 밤 우리의 체취가 너와 함께할 것이로다!"

"향기로움에 취해 깊은 잠에 빠지도록 도와주지!"

"…하아, 그렇단 말이지?"

당황함이 가시자 남은 건 분노였다. 퀸의 입꼬리가 사악
하게 말려 올라가며 물컵에 반쯤 남아 있던 물이 출렁였다.

쑤아앙!

어디선가 바람이 불어와 열린 창문이 덜커덩 소리를 내
며 닫혔다.

"퀸! 나한테 새 이불 있으니까 그거 써! 내가 빌려줄게!"

더 큰 사달이 나기 전에 막아야 했다. 바율이 재빨리 퀸
에게로 다가가 속닥였다.

"그리고 이노센트에게 부탁하면 돼. 깨끗하게 빨아서 금

방 말려 줄 거야."

"그 정도는 나도 할 수 있거든?"

"…그, 그건 그렇지……."

퀸이 이불 빨래를 못 해서 이러는 게 아니었다. 녀석들의 무식함과 무례함에 부아가 나는 것이다.

"내가 요새 많이 참긴 했어?"

바율을 봐서 녀석들의 장난을 상당 부분 그냥 넘어가 준 것이 그의 과실이라면 과실이었다. 더는 못 참는다.

촤악!

퀸의 조종에 따라 고이 잠들어 있던 물이 솟구쳤다. 그것은 곧 서서히 어떤 형상을 띠기 시작했다.

"바율, 신전에는 잘 다녀왔어?"

"로건!"

적절한 순간, 적합한 아군의 등장이었다. 손에 연을 들고 나타난 로건을 보며 바율은 안도의 한숨을 내쉬었다.

"무슨 일 있어? 좀 어수선한 것 같은데?"

"아니야, 아무 일도!"

"근데 웬 연이냐? 연 날리게?"

에이단과 일라이가 이때다 싶었는지 재빨리 침대에서 내려와 로건의 뒤로 숨었다. 슈빅 역시 잘못한 것은 없었지만 어물쩍 그 무리에 합류했다.

"미리 연습 좀 해 보려고. 너희는 연 만들었어?"

"응? 연을 왜 만들어?"

"기말시험 끝나면 바로 연날리기 대회잖아. 매년 여름 방학 전에 개최되는 아카데미 전통인데, 몰랐어?"

"아, 맞다! 그런 전통이 있었지!"

캐링스턴 태생인 에이단이 그제야 생각났다는 듯 손뼉을 쳤다. 바율과 일라이는 금시초문이라 눈만 깜빡였고, 슈빅이 어깨를 축 늘어뜨리며 한탄했다.

"난 포기했어. 상금에 눈이 멀어 잠시 혹하긴 했지만, 이미 봐 버렸거든."

"뭘 봤는데?"

"4학년 선배들이 연습하는 거. 장난 아니더라. 어떤 선배는 시험도 포기하고 매달리는 것 같더라니까?"

"상금이 얼만데?"

에이단과 일라이의 눈이 동시에 번쩍거렸다. 상금이 걸렸다. 그걸 탈 수만 있다면 노동에서 해방인 것이다.

"무려……!"

슈빅이 다섯 손가락을 쫙 펼쳤다.

"50쿠나?"

"아니."

"설마 그럼 500쿠나?"

"딩동댕!"

"헐! 진짜? 상금이 그렇게나 커?"

"요새 가장 뜨거운 화젯거리인데 이걸 모르고 있다니, 너희가 더 이상하다. 자레드 자식 때문에 너무 묻힌 건가?"

사절단으로 황궁에 다녀오고, 돌아오자마자 나단과 자레드 일이 터졌다. 거기에 에이단은 잉그리드의 정체성 문제로 여유가 없었고, 일라이 역시 이사장 때문에 경황이 없었다. 바율과 퀸은 미리 알았더라도 크게 흥미를 갖지 않았을 것이다. 사실 그건 알게 된 지금도 마찬가지였다.

"로건, 넌 이런 행사가 있었으면 진작 알려 줬어야지! 너만 살겠다는 거냐, 지금?"

"내가 그런 소리를 왜 들어야 하는지 모르겠는데. 설명하자면, 블랙팔콘 기숙사생들은 무조건 참가해야 한다는 재닛 교수님의 명이 떨어졌을 뿐이야."

"…어쨌든 혼자만 알고 있었던 거잖아! 인정머리 없는 놈!"

"에이단, 그게 꼭 로건 탓만은……."

"됐고, 우리도 해 보자! 그 상금 내가 타야겠어!"

"난 찬성! 주말 알바에서 그만 벗어나고 싶다!"

그 전에 시험이 먼저라는 걸 아는지 모르는지, 에이단과 일라이가 합심해서 불타올랐다. 그때 갑자기 슈빅이 소리쳤다.

"아차차, 바율! 깜박했다! 로티어스 교수님이 너 불러오라고 하셨는데, 이제야 생각났네. 미안."

"교수님이 나를……?"

"응, 사무실로 얼른 가 봐. 나 때문에 늦었다고 말하지는 말고!"

책임을 회피하려는 게 조금 얄밉긴 했지만, 지금은 그걸 따질 겨를이 없었다.

'무슨 일로 날 찾으시는 거지?'

바율이 식당에서 보자는 인사를 끝으로 황급히 뛰어나갔다.

3.

바율이 로티어스 교수의 사무실에 도착했을 땐 그가 막 문을 열고 밖으로 나서던 참이었다. 조금만 더 늦었어도 허탕을 칠 뻔했다.

"헉헉! 교수님, 저 부르셨다고요?"

"어이쿠, 날도 더운데 왜 그렇게 뛰어와? 그러다 쓰러지면 어쩌려고?"

가쁜 숨을 몰아쉬며 자신 앞에 와 서는 바율을 로티어스 교수가 걱정스레 쳐다보았다. 요즘은 건강을 많이 회복한 것 같긴 하지만, 바율은 병력을 가진 데다 수업 중 기절했던 전적까지 있었다. 녀석에게 문제가 생기면 란데르트 공작 전하를 뵐 낯이 없다.

"이 정도는 이제 괜찮습니다. 헉헉, 그보다 많이 기다리셨죠? 죄송해요."

"좀 기다리긴 했지만……"

"정말 죄송합니다. 제가 그만 깜박하는 바람에……"

"네가 대역죄를 저지른 것도 아닌데 뭘 그렇게까지 사과를 해?"

"…예?"

"그냥 바쁜가 보다 하고 가려던 길이었어. 곧 시험이니 이래저래 정신없을 것 같기도 하고. 딱히 되게 급한 일도 아니었거든."

"아, 네. 그런데 무슨 일로……?"

"일단 들어가자. 얘기에 필요한 게 안에 있어서."

로티어스 교수가 잡고 있던 문고리를 다시 안으로 밀었다.

"전보다 담배 냄새 덜 나지?"

그의 사무실은 여전히 발 디딜 틈 없이 너저분했다. 실내 곳곳에 아무렇게나 물건들이 쌓여 있고, 지독한 담배 냄새가 코를 찔렀다.

"요즘 담배 줄이고 있거든. 여기저기서 잔소리들을 어찌나 해 대는지, 듣기 피곤해서 줄이기로 했다."

"담배가 몸에 해롭기는 하죠."

"훗, 네 아버지와 아주 똑같은 소리를 하는구나. 부자가 닮아도 너무 닮았어."

"…황궁에서 아버지와 함께 계신 모습 봤습니다. 두 분이 친분이 있으셨던 건가요?"

"공작 전하께서 아무 말씀 안 하시던? 뭐, 미리 말 안 했다고 삐친 건 아니지?"

"네, 그럼요."

로티어스 교수가 책상에서 책 하나를 꺼내 와 바율과 마주 보고 앉았다.

"어릴 때부터 자주 뵙던 사이야. 내가 귀찮을 정도로 란데르트 공작 전하를 따라다녔지."

"황궁에서 말입니까?"

"…들었구나?"

바율과 황태자가 따로 만났다는 사실은 알고 있었다. 하지만 무슨 얘기를 주고받았는지는 아직 듣지 못했다.

"황태자 전하께서 교수님을 숙부님이라고 부르시더군요. 개명하셨다고 들었습니다."

"맞아. 윈터는 어머니 성이지."

평민 출신의 하녀가 어쩌다 황제의 눈에 들어 아들을 낳고 후궁까지 되었다. 그러나 몸이 허약했던 그녀는 아들이 채 돌이 되기도 전에 사망하고 말았다. 갓난아기였던 로티어스 교수를 제 자식처럼 키워 준 것이 지금의 프리실라 황태후였다.

"많이 놀랐나?"

"네…… 전혀 짐작조차 못 했으니까요."

"여기서도 아는 사람 별로 없어."

알릴 필요성도, 그래야 할 이유도 찾지 못했기에 지금껏 로티어스 교수는 조용히 지내 왔다.

"그러니 비밀 지켜 줄 거지?"

"…비밀이었던 겁니까?"

"좀 전에 말했잖아. 피곤해지기 싫거든."

그가 황제의 동생이란 사실이 알려지면 어떤 후폭풍이 생길지는 안 봐도 뻔했다. 주변 사람들은 슬슬 눈치를 살필 테고, 몇몇은 황궁과 연줄을 대기 위해 청탁을 들이밀 것이다. 생각만으로도 귀찮고 짜증 나는 일이었다.

"난 내 직업이 좋아. 교직이 천직이랄까?"

아이들을 가르치는 일은 언제나 보람차고 뜻깊다.

"바율 너도 내 수업 계속 듣고 싶지?"

"…예, 뭐."

"그럼 아무한테도 말 안 하기다?"

"알겠습니다."

친구들에겐 이미 말한 뒤였지만, 바율은 굳이 그 사실을 입에 옮기지는 않았다. 그들이 소문낼 일도 없거니와 녀석들이 안다는 걸 교수님이 알면 마음만 쓰실 것 같았기 때문이다.

"그래, 내 조카님과 만난 건 어땠어? 걔가 쓸데없이 진지한 편이라서 재미는 없었을 거야. 그치?"

"아닙니다. 황태자 전하께서 배려해 주신 덕분에 크게 실수하지 않고 무사히 잘 지내다 왔는걸요. 황궁 방문이 처음이라 잔뜩 얼어 있었는데, 편하게 잘 대해 주셨습니다."

"그랬어? 까탈스러운 녀석인데 의외네. 네가 마음에 들었나?"

"……!"

린데만 황태자에게서 정확히 들은 말이었다. 그 고백 아닌 고백에 당황했던 기억이 떠오른다.

"호오, 내가 딱 맞혔나 보네? 무슨 일이 있었기에 그렇게 빨리 마음을 열었지?"

"…사건이 좀 있었습니다."

"사건?"

어디 들어 보자며 로티어스 교수가 턱짓했지만 바율은

말할 수 없었다. 황태자에게도 확실한 해명을 하지 못한 마당에 무슨 설명을 어떻게 한단 말인가. 아직은 그럴 단계가 아니었다.

"말하기 싫은 건가?"

"…저만 관계된 것이 아니어서요."

"뭐, 이해해. 본인이 싫다는데 억지로 입을 열게 할 순 없지. 이거나 받아."

로티어스 교수가 옆에 놓아뒀던 책을 바율에게 내밀었다.

오늘은 무슨 책 받는 날인가?

바그너 사제에게 성서를 받은 것이 조금 전이었다. 로티어스 교수까지 책을 건네자 혹시 자신이 모르는 '책 선물하는 날'이라도 있는 건가 싶었다.

"전에 정령에 대해 물었었지?"

"……!"

홀로 싱거운 상상에 빠져 있던 바율은 예상치 못한 단어가 로티어스 교수에게서 흘러나오자 진심으로 깜짝 놀랐다.

"계속 신경이 쓰이더라고. 학생의 질문에 답하지 못한 건 그날이 처음이었거든. 자존심이 꽤 상했지."

스터벤라우치 도서관의 위치를 알려 주며 담담하게 강의실로 들어서시던 교수님의 뒷모습이 생각났다. 그 뒤로 잊으신 줄 알았는데, 반전이라면 반전이다.

"근데 이게 되게 찾기 어렵더라고? 스터벤라우치 도서관은 네게 알려 줬으니 가기가 좀 그래서, 다른 도서관들을 뒤져 봤는데 정령에 대해 짧게 언급한 책조차 없더군. 그러면서 슬슬 오기가 발동되었지. 승부욕에 불을 붙였달까?"

"…그러셨군요."

"정령에 대해 궁금해지기 시작한 것도 그 즘이야. 대체 뭐길래 이렇게 꽁꽁 숨었나 의심스럽기까지 하더라고."

꽁꽁 숨은 것이 아니라 정령계가 멸망을 했기 때문입니다. 그래서 자연스레 인간에게서 잊힌 것이고요.

교수님의 노고에 짧게나마 설명을 해 드리고 싶었지만, 그럴 수 없는 현실이 안타까울 뿐이었다.

"그러다 내가 드디어 이걸 찾아냈지!"

로티어스 교수가 바율에게로 넘어간 책을 손가락으로 콕 찍었다.

"어디서 구한 건지 궁금하지 않아?"

"혹…… 황궁입니까?"

"오, 정답! 바율, 제법 감 좋다?"

안 그래도 로티어스 교수와 함께 황궁에 다녀왔다. 본의 아니게 그의 비밀도 알게 되었다. 신분이 황족이니 황실 서고를 자유자재로 드나들 수 있을 터, 충분히 가능한 추측이었다.

"황실 서고를 며칠 동안 뒤진 끝에 겨우겨우 발견했지. 내가 그때 얼마나 기뻤는지 넌 모를 거다. 드디어 이 찜찜함에서 탈출할 수 있겠구나, 싶었지."

"한데…… 황실 소유의 책을 이렇게 갖고 오셔도 되는 겁니까?"

정령에 대한 책을 얻었다. 겉으로 내색하지는 않고 있지만, 현재 바율의 심경은 가슴이 콩닥거려서 미칠 것 같았다.

하지만 다른 한편으로는 황족만이 이용할 수 있는 황실 서고의 책을 감히 자신이 읽어도 되는 것인지 걱정이 들기도 했다.

"당연히 안 되지!"

"예에?"

"나 그거 몰래 가져온 거야. 다시 돌려놔야 해."

헐!

너무도 당당히 자신의 범법을 고백하는 로티어스 교수를 보며 바율은 순간 말을 잃었다.

"그러니까 될 수 있는 한 빨리 보고, 기억을 하든가 필사를 하든가 해야 할 거다. 조카님에게 우편으로 보낼 거거든. 뒷일은 녀석이 알아서 하겠지."

"…그래도 되는 건가요? 교수님께 뭔가 불이익이 생기시는 건 아닐지……."

"최악이라 봤자 서고 출입 금지겠지. 너무 염려하지 마. 죽지는 않을 테니까. 내가 이래 봬도 황제 폐하 동생이다, 너?"

이럴 때만 혈연을 내세운다는 게 그의 문제라면 문제일 것이다.

"근데 너 산스카인 언어는 할 줄 아니?"

"산스카인 언어요? 처음 들어 보는 나라인데요."

"아, 산스카인은 나라가 아니라 고대 엘프들이 사용하던 문어를 말해. 뭐, 엘프어라고 부르기도 하지."

"그럼, 여기 이 책에 쓰인 언어가……?"

책은 꽤 오래전에 만들어진 듯 표지와 모서리가 상당 부분 닳아 있었다. 처음 보는 서체에 바율이 당황하자 로티어스 교수가 말했다.

"산스카인어 사전은 도서관에 가면 쉽게 찾을 수 있을 거야. 그렇게 겁먹을 것 없어."

"휴, 다행이네요."

사전을 끼고 책을 읽는 행위가 쉽지는 않겠다만, 아예 까막눈인 것보다야 백배는 나았다.

"교수님께서는 읽어 보셨나요?"

"그랬으면 좋았겠지만, 산스카인어가 쉽지 않더라고."

"아……."

그런 언어를 자신이 읽고 해석까지 해야 한다니. 정령에

관한 책을 얻었다는 기쁨과는 별개로 새로운 언어를 공부
해야 한다는 부담감이 바율을 사로잡았다.

"하지만 제목은 아직 기억하고 있어."

표지 전면을 뒤덮고 있는 서체를 내려다보며 로티어스
교수가 나지막이 읊조렸다.

"위대한 길을 향한 안내서."

"…위대한 길을 향한 안내서?"

"제목 아래 작은 글씨로 '제2강 정령의 등급'이라고 쓰
여 있더구나."

'정령의 등급?'

"거기서 보다시피 한 권짜리가 아닌 것 같아. 제2강이라
고 하니, 제1강은 물론 제3, 제4강까지 있을지도 모르지."

"혹시……."

"찾아봤냐고? 당근이지. 근데 없더라고. 내가 건진 건
그거 하나야."

황궁에서의 시간이 좀 더 있었더라면 다른 책을 구할 수
있었을지도 모르겠지만, 일단은 이것이 다였다.

"설마 겨우 한 권이라서 실망한 거 아니지?"

"아, 아니요! 절대요! 그럴 리가요!"

산스카인어에 이어서 정령의 등급에 대해 생각하던 차였
다. 바율에게는 겨우 한 권이 아니라, 소중한 한 권이었다.

"로티어스 교수님, 정말 감사합니다! 제가 뭔가를 알아내면 전부 교수님 덕분이에요!"

"뭔가를 알아내면?"

"네! 나중에 말씀드릴 수 있을 때 다시 찾아뵐게요! 다시 한번 진심으로 감사드립니다!"

마음이 급했다. 바욜이 벌떡 일어나 로티어스 교수에게 꾸벅 인사를 올렸다. 그러곤 잘 가란 말도 하지 않았는데 쏜살같이 사무실 밖으로 뛰쳐나갔다.

"훗, 어지간히도 급한 모양이네."

로티어스 교수도 마저 용무를 보기 위해 일어났다.

"정령을 부리는 정령사……."

산스카인어로 쓰여 있던 책의 어느 한 부분을 떠올리며 로티어스 교수가 뜻 모를 음성으로 중얼거렸다.

Chapter 8.

위대한 길을 향한 안내서

1.

"그러니까 이 글자가 산스카인어란 말이지?"

"응, 엘프어라고도 한대."

구우우—

컴컴한 밤, 바율과 친구들은 탁자에 머리를 맞대고 둘러앉아 책 한 권을 내려다보고 있었다. 그런 그들의 얼굴에는 하나같이 주름이 가득했다.

사전이 있으면 뭐 한단 말인가. 첫 장을 넘기고 얼마 지나지 않아 다들 머릿속이 하얘졌다. 나름 학년 내에서 똑똑하다고 알려진 그들이었지만, 산스카인어 앞에선 일자무식이었다.

"이게 글자냐? 그림 아니야?"

"…그러게. 알아보기가 좀 어렵네."

"글자 모양도 특이한데, 다들 비슷하게 생겨서 헷갈리긴 한다."

"필사하는 것도 쉽지 않겠어."

"로티어스 교수님은 왜 하필 이런 때에 이걸 주신 거냐? 시험공부도 해야 하고, 연도 만들어야 하고 사람 바빠 죽겠구먼."

꽤 긴 시간 집중하느라 진이 빠졌는지 에이단이 벌컥벌컥 물 한 잔을 들이켰다. 그제야 바율은 자신이 민폐를 끼치고 있음을 자각했다.

"이런, 미안. 내가 너무 내 생각만 했다. 정령에 대해 좀 더 알 수 있을지도 모르겠단 희망에 곧 시험인 것도 깜박했네."

그간 퀸과 일라이에게서만 들어 왔던 정령에 대한 이야기를 책으로도 접할 수 있게 된 것에 흥분했던 게 사실이었다. 여전히 마음은 급하지만 바율 역시 일단은 시험이 먼저인 학생이었다.

"우선은 나 혼자 해 볼 테니까, 너희는 신경 쓰지 마. 시험 끝나고 도와줘도 돼!"

"바율, 너한테 생색내려고 한 말 아니야. 그냥 산스카인어인지 뭔지가 너무 복잡해 보여서 투덜댄 거지. 역시 난 언어에 소질이 없는 게 분명해."

"모국어를 빼고도 무려 삼 개 국어를 하는 네 입에서 그 게 나올 소리냐?"

"…깜짝이야! 이제 오냐?"

"라이, 늦었네?"

갑작스레 끼어든 음성의 주인공은 일라이였다. 녀석이 처음 보는 화려한 붉은색의 가운을 펄럭이며 오두막 안으로 들어섰다.

"룸메가 오늘도 잠 안 자고 자꾸 말 시키잖아. 시험 때문에 예민한 건지 어쩐 건지. 떼어 내느라 힘들었다."

"아무튼 얼른 와서 앉아. 골치 아픈 소식이 널 기다리고 있으니까."

"셰임, 고마워."

발밑에 불룩 솟아난 작은 흙더미를 향해 고마움을 전하며 일라이가 탁자로 걸어왔다. 셰임은 일행이 오두막을 오가는 동안 안내자의 역할을 자처했다. 덕분에 타락의 숲을 제집 드나들 듯 안전하게 오가고 있었다.

"무슨 소식인데 골치가 아파? 어라? 산스카인 언어로 된 책이네?"

무심코 자리에 앉던 일라이의 눈에 탁자 중앙에 놓인 책

한 권이 들어왔다. 그가 반갑다는 듯 책을 들고 이리저리 살폈다.

"근데 많이 낡았다. 오래된 책인가 봐?"

"…라이, 이게 산스카인어인 줄은 어떻게 알았어?"

"뭔 질문이 그러냐? 어떻게 알기는, 봤으니까 아는 거지."

"…너 산스카인어 할 줄 알아?"

"응, 엘프어잖아. 왜?"

놀란 얼굴로 쳐다보는 친구들을 일라이가 외려 이상하다는 듯 바라봤다. 마치 '이걸 왜 몰라?' 하는 얼굴이었다.

사람이 너무 황당하다 보면 잠시 사고가 정지되기도 한다. 에이단이 한 박자 늦게 감격하며 재차 확인했다.

"이렇게 지렁이처럼 생긴 글자체를 네가 알아볼 수 있다고? 진짜냐? 넌 이것들이 분간이 간단 말이야? 읽고 해석이 돼?"

"당연하지. 산스카인어는 엘프들도 배우는 데만 10년은 걸린다더라. 근데 난 그걸 1년 만에 깨우쳤지! 대단하지 않냐?"

떠오르는 옛 기억에 일라이는 스스로가 다시 한번 너무나 대견했다.

"…엘프어인데, 엘프들도 배우는 데 10년이 걸린다고?"

"으흥!"

"근데 그걸 넌 1년 만에 끝냈고?"

끄덕끄덕.

"…뭐냐, 너?"

"엉?"

"정체가 뭐냐고! 엘프들도 10년이나 걸리는 걸, 네가 뭔데 1년 만에 익혀? 너 인간 맞아? 아니지? 혹시 인간의 탈을 쓰고 유희 중인 드래곤 아니야?"

"드, 드래곤은 무슨! 산스카인어 하나로 비약이 너무 심하잖아!"

"왜, 가끔 몰래 사람인 척하는 드래곤들 있잖아. 나중에 알고 보면 대부분 엄청나게 훌륭한 마법사라던가, 검사가 되어 있곤 하지. 일종의 영웅 놀이? 뭐 그런 거 말이야!"

말 같지도 않은 사실을 들먹이며 닦달하는 건 에이단 혼자였지만, 남은 친구들도 녀석의 생각과 별반 다르지 않았다. 다들 눈이 동그래져서는 일라이에게서 시선을 떼지 못했다.

"왜, 왜들 그렇게 봐? 처, 천재 처음 보냐!"

"천재?"

"그래! 내가 사실 말을 안 해서 그렇지, 타고나길 천재로 태어난 걸 난들 어떡하냐? 어려서부터 너무 완벽해서 이런 일을 겪은 게 한두 번이 아니야! 그래서 말을 좀 아꼈는데, 왜 사람을 이상하게 몰아붙여? 내가 뭔 잘못을 했다고!"

당황하며 더듬거리던 처음과 달리 일라이가 억울하다는 듯 항변했다.

"머리 좋은 게 무슨 죄라도 되냐? 앙?"

"아니, 그런 건 아니지만…… 근데 너 왜 화를 내냐? 그냥 좀 놀라서 한 소리잖아."

"그래, 라이. 우리가 뭐라고 하는 게 아니라 너무 의외라서 그랬어."

이럴 줄 알았으면 저녁 식사할 때 살짝 귀띔이라도 해 볼 것을 그랬다. 로티어스 교수님께 책을 받고 들뜬 마음으로 식당에 도착했을 때, 주변에 다른 아이들이 있어서 당장 말할 수가 없었다. 일라이에게만이라도 진즉 얘기했더라면 이렇듯 고심할 필요가 없었는데 말이다.

"우리끼리 사전을 끼고도 해석하기가 힘들어서 거의 포기 단계였거든. 라이가 산스카인어를 할 줄 알다니 천만다행이다."

"이 정도면 천재로 인정할 만하네."

퀸이 일라이를 다시 봤다는 듯 싱긋 웃었다.

"당연히 이사장님에게 배웠겠지?"

"…그게 왜 궁금한데?"

라예가르의 얘기가 나오는 것만으로도 짜증이 솟구친다는 듯 일라이가 와락 인상을 찌푸렸다.

"가만 보니까 못 하는 게 없는 것 같아서 하는 말이야. 지금 산스카인 언어도 그렇고, 만점으로 학부 수석에, 지난 주말엔 파이어 볼 마법까지 펼쳤잖아? 그게 아마 3서클 마법이지?"

"3서클……?"

"헐, 라이! 너 3서클 마법도 사용 가능했어?"

상황이 상황이었던 터라 여태 신경 쓸 겨를이 없었다. 하지만 분명하게 기억은 난다. 두목을 태워 죽이겠다며 녀석이 불덩이를 만들었었다.

현재 아카데미 내 마법학부 교수 중 가장 높은 서클의 마법사가 5서클 수준이었다. 1, 2서클은 견습이라 불리고, 3, 4서클이 신진, 5, 6서클은 중견 마법사, 7서클 이상은 대마법사라 칭하고 있다.

보통 3서클 이상이면 마법을 가르칠 수 있는 자격이 주어지는데, 이제 겨우 아카데미 1년생인 일라이가 그 수준의 마법을 펼친 것이다.

정녕 천재가 아니라면 불가능한 경지였다.

"…또 하라고 하면 못할지도 몰라!"

일라이가 흔들리는 눈동자로 변명 아닌 변명을 했다.

"자기도 모르게 어쩌다 한 번씩 성공할 때가 있잖아. 그 땐 위급하니까 됐던 거지, 지금은 장담 못 해. 그리고 당시에 화력을 확인하지도 못했어. 결과적으로 사용하지를 않았으니까. 그냥 날아가다가 사라졌을 수도 있었을 거야."

"…그래?"

"너희들이 마법사가 아니어서 모르는 것 같은데, 원래 이쪽이 경계가 좀 모호하다고 할까? 그날그날 몸과 정신 상태에 따라서 수위가 왔다 갔다 하는 편이지. 나중에 마법학부 수련 탑에 놀러 와서 한번 봐 봐! 그럼 내 말뜻을 이해할 거야."

"뭔 소리인지는 대충 알겠는데, 왜 그렇게 애를 쓰냐?"

"…뭐?"

퀸은 칭찬을 했을 뿐이었다. 보통 때라면 '이 정도는 아무것도 아니지' 하며 코웃음 치고 넘어갔을 일이거늘, 일라이답지 않게 구구절절 해명하는 모습이 어쩐지 의아했다.

"난 그냥 이사장님이 마법사시니까, 너도 영향을 받았나 보다 했어. 해명을 요구한 건 아니었다고."

"누, 누가 해명이래? 나도 그냥 말한 거거든?"

"근데 왜 그렇게 당황하는데?"

"…당황이라니! 내가 언제?"

누가 봐도 당황이 역력한 얼굴을 하고선 일라이가 빽 소리를 질렀다.

"퀸, 그만해. 라이 요즘 예민한 것 알잖아."

"그래, 이사장님 얘기는 굳이 꺼내지 마. 이 녀석, 그쪽 얘기만 나오면 정신이 회까닥하는 것 같아."

"그 정도 했으면 적당히 넘어가고, 이 책이나 해석해 보는 게 어때?"

로건이 분위기를 전환해 보고자 책을 가리켰다.

"라이, 한번 읽어 봐 줄래?"

바율도 재빨리 일라이 앞으로 책을 떠밀며 부탁했다. 잠시 떨떠름한 표정을 짓긴 했지만, 일라이는 금세 본연의 평정심을 되찾았다. 어쩐지 화제가 바뀐 것에 안도하는 것 같기도 했다.

"줘 봐."

드디어 고대하던 시간이었다. 일라이가 시선을 내리깔며 제대로 책을 살피기 시작했다.

"제목은 일단 위대한 길을 향한 안내서라고 적혀 있네."

"위대한 길을 향한 안내서? 제목 죽이는데?"

바율은 이미 들어서 알고 있었기에 큰 감흥이 없긴 했지만, 그 역시 제목에서 느껴지는 기대감과 무게감이 싫지는 않았다.

"밑에 부제가 있는데…… 제2강 정령의 등급?"

일라이의 핏빛 눈동자가 아연한 듯 확장되었다.

"뭐야, 이거? 정령에 관한 책이었어?"

"응, 로티어스 교수님이 황실 서고에서 갖고 오셨어."

바율은 낮에 교수님을 뵙고 온 일에 대해 짧게 설명했다.

"로티어스 교수님 대박이다. 제자를 위해 이렇게까지 애를 써 주시다니, 역시 멋진 분이시라니까. 읽어는 보셨대?"

"아니, 제목 정도만 알아보신 것 같아."

"하긴, 산스카인어가 어렵긴 하지."

일라이가 홀로 고개를 주억거리며 책의 첫 장을 펼쳤다.

바율은 괜스레 손에서 땀이 났다. 그가 허벅지에 손바닥을 문지르며 일라이의 목소리에 집중했다.

"제1강에서 정령이란 무엇인가에 대해 다뤘다면, 이번 편에서는 정령의 등급에 대해 심층적으로 설명해 볼까 한다. 정령, 그들은 자연을 다스리고 조율하는 거룩한 신의 창조물이자 대리자다. 물이 필요한 곳에 물을 뿌리고, 땅이 있어야 할 곳엔 땅을 만들고, 바람이 불어야 할 곳엔 바람을 일으키고, 불이 일어야 할 곳엔 불을 피웠다."

펄럭, 일라이가 다음 장으로 페이지를 넘겼다.

"사대 정령은 갈수록 피곤해졌다. 각자 해야 할 일이 너무나 많았기 때문이다. 그래서 의논을 한 끝에 그들은 각자의 몸에서 조금씩 기운을 떼어 저마다 수하를 만들었다. 그것이 상급 정령의 탄생이다."

"상급 정령?"

"그럼 중급, 하급도 있는 건가?"

"마저 읽어 볼게."

일라이가 기다려 보라는 듯 이어서 낭독했다.

"하지만 대륙은 드넓고 광대했다. 상급 정령의 도움으로도 대륙 전체를 감당하기란 힘에 부쳤다. 하여 상급 정령들이 자신들의 원기를 뽑아 수하를 창조했으니, 그것이 중급 정령이다. 같은 방법으로 중급 정령들은 본인들의 속성을 살려 하급 정령을 키워 냈다. 세세하게 분업화된 정령의 체계 속에서 그제야 세상은 자연의 평화를 맞이하게 된 것이다."

"우리 인간계랑 완전 똑같네? 왕 밑에 귀족, 그 아래로는 기사 및 관리자. 꼭 한 나라 같다."

정령에 등급이 있다는 것 자체가 놀랍기도 하지만, 그 유래가 과한 업무 탓이라니 재밌기도 하다.

"근데 나 질문."

갑자기 에이단이 손을 들었다.

"이노센트와 셰임은 등급이 뭘까? 하급? 중급? 설마 상급은 아니겠지?"

"에이단, 너 왜 자꾸 맥을 끊냐? 좀 기다려 봐. 각 등급에 관한 정령의 특징도 곧 나오겠지. 그럼 비교해서 알 수 있을 것 아니야."

일라이의 핀잔에 에이단이 입술을 삐쭉였지만, 일라이가 다시 책을 읽기 시작하자 바로 쓱 입을 다물었다.

"참고로 정령사는 가진 바 능력에 따라 소환할 수 있는 정령의 등급이 달라진다. 이제껏 상급 정령을 불러낸 정령사는 손에 꼽을 정도로 그 수가 적다. 당연히 정령왕의 소환은 단 한 번도 이뤄진 바가 없다. 책 말미에 상급 정령의 소환에 성공한 위대한 정령사의 존함을 기록으로 남긴다."

"상급 정령만 불러내도 위대한 정령사라고 불리는구나. 어떤 사람들일지 궁금하다. 너무 오래전 일이라 봐도 모르겠지만."

"요약하면 정령왕 밑으로 상급, 중급, 하급의 정령이 있다는 거고, 정령왕을 소환했던 정령사는 여태껏 한 명도 없었다, 그건가?"

로건의 깔끔한 정리에 일라이가 고개를 끄덕이며 계속 읽어 내려갔다.

"보통 하급 정령에게는 마을 하나가 주어진다. 중급 정령은 그보다 큰 영지를 관할하고, 상급 정령은 작은 왕국 정도의 규모를 담당하는 식이다. 정령왕은 각국의 상급 정령에게 보고를 받아 그에 따른 일 처리를 실행하는 책임자인 셈이다. 사대 정령왕은 서로의 영역에 피해가 가지 않도록 항시 긴밀한 협조를 통해 자연계의 안정을 도모해 왔다."

페이지가 다시 넘어갔다.

"같은 등급의 정령이라고 해서 가진 능력이 전부 일정한 것은 아니다. 대부분의 정령이 동일한 범위 안에서 비슷한 수준의 역량을 발휘하지만, 특별한 예로 중급 정령임에도 상급 정령에 필적하는 위력을 보여준 정령이 있다."

"어디든 능력자는 있는 법이지."

그게 바로 자신 같은 사람이라며 에이단이 본인의 가슴을 툭툭 쳤다. 일라이가 어이없다는 표정을 잠시 짓다가 마저 책을 읽으며 설명했다.

아직까지 이유가 밝혀지지는 않았지만, 바람의 정령왕이 분노하여 열흘간 태풍이 대륙을 강타한 적이 있었다. 많은 국가들이 쑥대밭이 되었고, 필자가 머물고 있는 이곳 정화의 숲 역시 막대한 피해를 입었다.

어그러진 자연계는 거의 마비 상태에 빠져 복구하는 데만도 장장 일 년이란 긴 시간이 소요되었을 만큼 끔찍한 시기였다.

혹자는 그때를 가리켜 '재앙의 열두 달'이라고도
일컫는다.

"헉! 갑자기 불길한 생각이 든다."

"왜, 또?"

"바람의 정령이 저 때 정령왕이랑 비슷한 성격이면 어떡
해? 대체 얼마나 화가 났으면 대륙을 초토화시킬 수 있지?"

　"그때 일을 우리가 알 게 뭐냐? 어차피 다 지난 일인데."

　"이노센트가 바람의 정령이라면 칠색 팔색하는 이유가
이런 문제 때문이면 좀 무섭잖아. 순진한 바율이 제어를 할
수 있겠어? 완전 성격 파탄자 같은데?"

　"그런 얘기는 나중에 하고 일단 듣기나 하셔. 중요한 대
목 같으니까."

　한 번만 더 끼어들면 진짜 화낼 거란 기세를 풀풀 뿜어내
며 일라이가 다시금 책에 집중했다.

　　당시 대륙에서 가장 크고 긴 강이었던 파울라너
　강 또한 태풍으로 인해 일대 전체가 범람하는 사태
　가 벌어졌다.

　　파울라너 강이 흘러가며 거치는 나라만 해도 무려
　다섯 국가.

태풍 때문에 엉망진창이 된 그 다섯 나라를 돌며 강의 물줄기와 세기를 조절해 더 큰 사고를 막아 낸 것이 바로 소도시를 담당하고 있던 물의 중급 정령이었다.

그 공을 인정받아 중급 정령에서 상급 정령으로 승격까지 하였으니 놀라운 사례였다.

사족이지만 그와 같은 일은 이전에도, 이후로도 발생하지 않았다.

"정령도 승진이라는 걸 하는구나."

"쉿."

일라이에게 한소리 듣기 전에 친히 퀸이 나서 에이단을 저지했다.

저 입을 꿰매 버리든가 해야지.

다혈질인 녀석을 생각해 애써 소리로 내뱉지는 않았다.

여기서 잠깐 계약자의 잠재력에 대해 짚고 넘어가 볼까 한다. 앞서 말했듯 정령사의 능력에 따라 소환되는 정령의 등급이 달라진다. 마찬가지로 계약자인 정령사의 재능에 따라 소환된 정령의 능력치가 낮아질 수도, 높아질 수도 있다.

필자가 추측하건대 물의 중급 정령이 상급 정령으로 진급할 수 있었던 건 계약자의 영향이 어느 정도 있었으리라 여겨진다.

물의 상급 정령과 땅의 중급 정령을 함께 부렸던 전대미문의 위대한 정령사 '코델리아 도브레스'에 대해선 말미에 더 서술하겠다.

"…어? 글이 지워졌는데?"

"뭐? 어디, 어디!"

다들 일라이의 얼굴만 쳐다보느라 반응이 느렸다. 뒤늦게 녀석의 시선을 쫓아가 보니 색이 바랜 듯 누런 종이 위에 희끗희끗해진 글자 몇 개만이 드러나 있었다.

"이거 물에 젖었던 흔적인가?"

"응, 그런 것 같아."

"라이, 뒷장으로 넘겨 봐."

내심 기대를 했건만, 어째 뒤로 갈수록 책의 상태가 더 심각했다.

"여긴 아예 찢어졌다. 너덜너덜해졌네."

"아 씨, 어떤 자식들이 그런 거야? 난 이따위로 책 보는 인간들이 제일 싫더라! 신성한 책을 왜들 그렇게 함부로 다루지? 뒷사람은 어쩌란 건데!"

도서관 알바생인 에이단이 질색하며 분개했다.

"바율, 로티어스 교수님이 이 책 주시면서 다른 말씀은 없으셨어?"

"응, 그냥 산스카인어가 쉽지 않다고 하신 게 전부야. 세세하게 들여다보시진 않은 것 같아. 아마 책이 훼손된 것도 모르실 거야."

"딱 봐도 오래된 책인데, 멀쩡하면 그게 더 이상한 일이 겠지."

정령계가 멸망하면서 사람들의 머릿속에서 정령이 지워진 것이 벌써 수천 년 전의 일이었다. 이런 책이 아직 남아 있다는 것 자체가 신기한 노릇이다.

"제2강이라고 쓰인 걸 보면 시리즈로 기획된 책이 분명한데, 구할 수 있을까?"

"안 그래도 로티어스 교수님이 찾아보셨는데 없었다고 하셨어. 그래도 혹시 모르니까 도서관에 갈 때마다 나도 뒤져 보려고."

"그건 나한테 맡겨. 책 찾는 데는 너보단 내가 한 수 위니까."

언제나 든든한 녀석이었다. 이 신세를 다 어떻게 갚아야 할까.

바율의 숙제라면 숙제였다.

"고마워, 에이단. 나중에 내 도움 필요하면 너도 꼭 말해 줘. 나도 열심히 도와줄 테니까."

"물론 그래야지! 나도 제법 값비싼 노동력이란 걸 알아줬으면 좋겠구나, 친구야."

"바율, 나도 방학 때 집에 가면 서재라도 살펴볼게. 가능성은 없을 것 같다만 뭐라도 해 봐야지."

"응, 로건. 나도 해밀턴에 가면 성내의 모든 서고를 돌아볼 참이야."

바율의 본가에도 상당한 분량의 책이 서고에 꽂혀 있었다. 그중에서 쓸 만한 걸 단 한 권이라도 찾아낼 수 있다면 소원이 없겠다.

"방학이 은근 바빠지겠군."

인상을 찌푸렸지만 퀸도 에둘러 동참의 의사를 표시했다.

"어? 잠깐, 얘들아!"

그때 일라이가 책에서 뭔가를 발견한 듯 외쳤다.

"여기, 지워지기는 했는데 불빛에 비추니까 글자가 보여!"

책을 들고 이리저리 살피다가 우연히 발견했다. 일라이가 만세 하듯 양손을 위로 뻗은 채 더듬더듬 입을 열었다.

"…급에 따라 다양한 모습을 하고 있다…… 의 상급 정

령은 독수리의 형상을 띠고 있고…… 불의 하급…… 꼬리
가 달린…… 흐음…… 바람의 중급 정령은 사나운 늑대
의…… 엄, 오직 정령왕만이…… 속에 가려져 있다. 비밀스
러운…… 어쩌고저쩌고…… 소환에 성공한 정령사가 없기
때문일 것…… 세상 그 누구도…… 에잇, 끊겨 버렸네!"

불빛에 의지해 겨우 읽어 내던 일라이가 실망하며 책을
내려놓았다.

"젠장, 글자도 너무 듬성듬성 보여서 해석하기가 더 애
매해졌어. 미안하게 되었다, 바율."

본인의 잘못이 아닌데도 일라이가 울상을 지으며 침울하
게 말했다. 바율은 펄쩍 뛰며 손을 저었다.

"무슨 소리야, 라이. 덕분에 아무 노력도 없이 책을 읽어
냈잖아. 난 그것만으로도 감지덕지야."

"지금 같은 시험 기간에 시간 낭비도 안 하고 다행이지.
잘난 척을 해도 모자랄 판에 너답지 않게 웬 뜬금없이 사과
냐?"

에이단도 이상하다는 듯 일라이를 빤히 바라봤다.

"난…… 이참에 뭔가 정령에 대한 실마리가 풀릴 줄 알
았거든. 기대했을 것 아니야. 근데 그게 아니라서 좀 그렇
다는 거지."

"실마리라면 어느 정도 풀린 거 아닌가?"

"…엉?"

로건의 발언에 아이들의 시선이 그에게 모였다.

"이만하면 정령의 존재도 확실하게 확인한 셈이고, 정령의 종류며 그들이 하는 일, 정령과 정령사 간의 궁합이 중요하다는 것…… 아! 코넬리아 도브레스라는 위대한 정령사가 있었다는 것까지 알게 되었잖아. 이해할 수 없는 점이 아주 없는 건 아니지만, 난 고무할 만한 성과라고 생각해."

"이해할 수 없는 점? 그건 뭔데?"

모두들 로건의 해설에 빠져들었다. 그러다 고개를 갸웃하며 에이단이 묻자 로건이 망설이다가 답했다.

"생김새."

"생김새?"

"일라이가 나열한 정령들은 모두 동물의 모습을 하고 있어. 그런데 이노센트와 셰임은 어떻지?"

"그야 우리 인간처럼…… 생겼지?"

"맞아, 근데 이 책에는 그런 부분이 전혀 나오지가 않아. 전부 지워졌다고 하기엔 좀 그렇지 않아?"

날카로운 지적이었다. 책의 내용이 상당 부분 지워져 있긴 하나, 정령의 생김새를 설명하면서 어디에도 이노센트와 셰임의 외형을 묘사한 부분이 없다는 건 의심해 볼 만한 사항이었다.

"진짜 수상하긴 하네. 누가 교묘하게 지은 것도 아닐 텐데, 갖다 붙일 만한 게 없어도 너무 없다."

"결론은 이노센트와 셰임의 등급을 확인할 길이 현재로선 없다는 거군."

"그래, 마치 정령왕처럼 말이야."

로건이 바닥에 불룩 튀어나온 흙더미, 셰임을 무심히 내려다보며 덧붙였다.

"정령왕을 소환했던 정령사는 지금껏 한 명도 없었어. 당연히 모습조차 알려지지 않았겠지. 문장이 끊기긴 했지만, 일라이의 마지막 설명에도 가려져 있다는 문구가 들어가 있고. 그래서 말인데……."

"설마 로건 너, 이노센트와 셰임이 정령왕일지도 모른다는 소리를 하려는 건 아니지?"

로건의 말을 자르며 일라이가 물었다. 그에 잠시 머뭇거렸다가 로건이 되물었다.

"…억측일까?"

"당연하지!"

일라이와 퀸이 거의 동시에 일갈했다.

"말도 안 되는 얘기야! 정령왕이 어떤 존재인데 이노센트 같은 꼬맹이 모습을 하고 있겠냐? 녀석의 능력도 이미 봤잖아. 수준이 다르다고!"

"네가 인간이어서 실감을 못 한 모양인데, 그건 절대로 불가능해. 사대 정령을 모두 불러낼 수 있다는 것만도 기적이야!"

"그러니까 오히려 더 가능할 수도 있지 않겠어?"

"…뭐?"

"기적이라면서. 혹시 알아? 바율이 정령왕과 계약한 최초의 정령사가 될 수 있을지?"

"얘 뭐라는 거냐? 네가 바율을 아끼고 좋아하는 건 잘 알겠는데, 그건 거의 억지에 가깝거든? 정령왕을 소환하는 게 무슨 애들 장난도 아니고!"

일라이가 어처구니없다는 듯 헛웃음을 터뜨렸다.

"정령왕은 말이지, 거의 신이나 마찬가지야. 원래 주신이 해야 할 일을 정령왕을 만들어서 그들에게 떠넘긴 거라고. 아무리 정령에 대한 지식이 부족해도 그렇지, 상상력이 너무 지나치네."

"정확히 내가 하고 싶은 말이야."

퀸이 손가락으로 일라이를 찍으며 동감을 표시했다.

"왜들 그렇게 난리지? 난 로건의 말에도 일리 있다고 생각하는데?"

에이단이었다. 녀석이 웬일로 로건의 편을 들고 나섰다.

"정령계가 멸망했다고 너희들 입으로 말하지 않았어?"

"그랬지."

"그 말인즉슨 정령왕도 죽었다는 뜻이겠지?"

"…죽어?"

"멸망이라며. 한 세계가 없어져 버렸는데 그럼 왕이 살아 있겠냐?"

"무슨 말이 하고 싶은 건데?"

"생각을 잘 다듬어 봐. 왕이 죽을 때 그냥 죽는 거 봤어? 보통은 후손을 남기잖아."

"후손……?"

"'우리 왕가의 마지막 희망일세. 모든 건 자네에게 맡길 테니 부디 뒤를 부탁하겠네!' 이런 거 책에서 본 적 없어? 적이 쳐들어오기 직전이나 망하기 전에 유모나 기사 단장에게 막 그러잖아."

에이단이 목소리를 깔고 흉내까지 내며 열렬히 설명했다.

"…네 말은 이노센트와 셰임이 정령왕의 후손일 거다, 뭐 그런 뜻이냐?"

"바율은 유모나 기사 단장이고?"

"따지자면 그렇지."

"…내가 유모라고……?"

기사 단장이라고 말하기에는 차마 부끄럽다. 그 심정을

이해한다는 듯 에이단이 바율의 등을 토닥이며 계속 말했다.

"아직 우리의 추측일 뿐이지만, 정령왕이 정령석도 남겼잖아. 당연히 후계자도 남기지 않았을까? 멸망하는 정령계가 얼마나 안타까웠겠어. 나 같으면 그냥 못 죽지."

어떠냐? 내 추리가 꽤 그럴싸하지?

일라이와 퀸이 서로에게 의견을 묻듯 시선을 맞췄다. 그러던 그들은 역시나 그건 아니라며 도리질했다.

"네 추론대로라면 이노센트나 셰임이 정령왕으로 자랄 거라는 건데, 그건 이미 말했다시피 불가능해."

"정령왕은 성장을 통해 만들어지는 게 아니거든. 처음부터 완성형으로 신이 창조한 거지. 조금 전 이 책에서도 나온 부분이야."

"나도 기억해."

거룩한 신의 창조물이자 대리자다. 그렇게 쓰여 있었다.

"근데 중급 정령이 상급 정령으로 진급한 사례가 있었다면서. 흔한 일은 아닌 것 같지만, 이번 경우도 좀 특이한 경우라고 볼 수 있지 않을까?"

"현존하는 정령왕이 없으니까 말이지?"

"어, 어느 세계든 왕은 필요하잖아. 난 저 책에 이노센트와 셰임의 외형을 묘사한 부분이 없다는 게 좀 많이 걸리거든."

정령이 뭔지도 몰랐던 에이단과 로건이다. 지금껏 둘은 일라이와 퀸에게서만 정령의 이야기를 들었다. 그래서인지 그들에 비해 생각하는 방식이 훨씬 깨어 있다고 해야 할까? 기존의 정령사들이 들었더라면 기막혀할 만한 말들을 태연하게 늘어놓고 있었다.

"네 말이 다 맞는다고 치자."

"오. 라이. 드디어 항복하는 거야?"

"근데 왜 하필 바율이지? 바율을 비하하려는 뜻은 아니야. 난 그저 정령왕이란 엄청난 존재를 키워 내야 할 당사자가 어째서 그 많은 인간 중 바율인가 싶은 거야. 그런 중차대한 일을 아무에게나 맡길 순 없는 거잖아? 다시 말하지만 바율, 널 무시하려는 의도는 절대 아니니 오해하지 말아 줘."

"그거야 정령사는 정령과의 교감 능력을 타고 태어난다며. 당연히 바율이 그런 힘을 지녔으니까 그렇겠지."

"세상에 과연 그런 사람이 바율 하나일까? 물의 기운을 예시로 들자면, 인어족인 퀸이 오히려 더 적합한 대상일걸? 이노센트 녀석도 바율을 빼면 퀸을 제일 좋아하잖아."

일라이의 말은 꽤 설득력이 있었다. 사라졌던 정령이 다시 나타나기 시작한 이 시점에 그들과 교감이 가능한 정령사가 바율 혼자라는 건 확실히 좀 이상했다.

"라이 말도 일리 있어. 나 같은 어린애에게 그런 막중한 책임을 맡기지는 않았을 것 같아. 교감 능력을 떠나서, 나보다 뛰어난 사람이 널리고 널렸는데 왜 하필 나겠어?"

그건 바율 역시 부담스러워서라도 싫었다.

"바율, 너한테 잠재된 힘이 있을지도 모르는 거잖아. 나도 내 능력을 불과 며칠 전에 깨달았어. 너라고 그러지 말란 법 있어?"

"그건 그렇지만…… 이제껏 정령왕과 계약했던 정령사는 단 한 명도 없었다는데, 어떻게 내가……."

"아니, 있어."

"…퀸?"

"딱 한 명. 정령왕과의 계약자가 있었다고."

갑작스러운 퀸의 고백이었다. 그가 자신의 오른손에 끼워진 반지를 내려다보며 나지막이 털어놓았다.

"그게 무슨 소리야, 퀸?"

"우리가 제대로 알아듣게 설명해 봐."

퀸의 말에 잠시 멍해 있던 친구들이 이내 정신을 차리고 닦달했다.

"그 계약자가 누군데? 넌 그걸 어떻게 아는 건데?"

"바율, 이 반지 기억해?"

퀸이 뜬금없이 바율을 향해 반지 낀 손을 들어 보였다.

"응, 잊지 못하지. 맹세의 표식까지 했잖아. 이번 방학에 집에 가면 찾아볼 생각이었어."

반지를 가져오면 질문에 대한 답을 해 주기로 했었다. 반지의 정체가 무엇인지, 펜던트를 보고는 왜 놀란 건지 전부 말해 주기로 약속했다.

"맹세의 표식이라면 전에 너희 둘이 무슨 약속인가를 했다고 했지, 아마?"

"나도 기억나. 그것 때문에 물의 기운이 증폭돼서 이노센트를 보고 기절했던 거잖아. 근데 반지는 여기 멀쩡하게 있는데 왜 찾겠다는 거지?"

"한 쌍이거든."

"한 쌍?"

"나한테 하나, 바율에게 하나가 있지."

"같은 반지가 두 개란 말이야?"

"…설마 그 보석, 블루 다이아몬드냐?"

퀸의 반지를 유심히 들여다보던 일라이의 뇌리에 불현듯 기억 하나가 떠올랐다. 퀸이 그렇다는 듯 말없이 고개만 위아래로 끄덕였다.

"헐, 블루 다이아몬드라면 엄청 귀한 보석인데? 귀금속 상인들도 한평생 보기 힘들 정도로 희귀해서 부르는 게 값일 만큼 어마어마하게 비싼 보석이잖아. 그게 그거였어?"

레오네트 가문의 아들답게 에이단은 블루 다이아몬드에 대해 제법 알고 있었다. 게다가 녀석은 실제로 본 적도 있었다.

　"중요한 건 그게 아니야."

　인어국의 왕자인 퀸에게 보석은 그저 장신구일 뿐이었다.

　"대양의 눈. 한 쌍으로 제작된 이 반지가 둘로 나뉜 게 문제지."

　"그 반지의 이름이 대양의 눈이었어?"

　"응, 바율. 우린 그렇게 불러. 인어국에선 없어서는 안 될, 아주 중요한 물건이거든."

　맞다. 그때도 그렇게 말했다.

　"국새라도 되는 거냐?"

　"국새? 하핫, 국새 따위면 내가 진즉에 포기했겠지."

　한 나라를 대표하는 왕의 도장이 바로 국새였다. 한데 국새 따위라고?

　입학 첫날 반지를 내놓으라며 흥분해 소리치던 퀸의 모습이 생각난다. 그땐 왜 그렇게 집착을 하나 이상하게 여기고 말았는데, 이제 보니 단순한 문제가 아닌 것 같다.

　"대양의 눈은 그냥 반지가 아니야. 우리 인어국이 존재하느냐 마느냐를 결정지을 수 있는 아주 중대한 열쇠 같은 거라고."

"…고작 반지가 말이냐?"

"너희는 이해 못 할 거야. 한 쌍이었던 대양의 눈이 나뉘지만 않았어도 인어국은 지금처럼 쇠하진 않았을 거야."

퀸은 인어국에 남은 마지막 왕자였다. 그에게는 반드시 반지를 찾아내 왕국을 부흥시켜야 할 의무가 있었다.

"그런 대단한 반지가 왜 바율한테 있는 건데? 아니, 애초에 둘로 쪼개진 이유가 뭐야?"

바율도 예전에 했던 질문이었다. 친구들의 의혹에 늘 냉철함을 유지하던 퀸의 눈가가 애처로울 정도로 흔들렸다. 그가 힘겹게 다시 말문을 꺼냈다.

"사랑에 눈이 멀었었거든."

"…뭐라고?"

"사랑……?"

난데없는 사랑 타령에 다들 일순 어이가 없어 표정 관리가 안 됐다.

"어, 우리 조상님께서 사랑에 빠지는 바람에 대양의 눈을 갖다 바쳤지."

"그 왕님 통 한번 크시네. 그 비싼 걸 턱 주시고 말이야."

"누구한테 바쳤는데?"

퀸이 조금 뜸을 들이다가 말했다.

"물의…… 정령왕."

"헉! 물의 정령왕?"

아무도 예상하지 못한 부분이었다.

"당시 물의 정령왕이었던 다프네그란데에게 한눈에 반한 조상님께서 대양의 눈을 건네며 청혼을 했다더군."

지금 생각해도 참 어처구니가 없다는 듯 퀸이 비소를 지었다.

"그럼 혹시 물의 정령왕과 계약했다는 분이……?"

"맞아, 엄청난 물의 기운을 타고나셨지. 그 덕에 인어족 최초로 물의 정령왕을 소환하는 데 성공까지 하셨고. 그때만 해도 온전한 인어국의 미래만을 위해 열심히 살아가던 분이셨는데……."

그 열정이 물의 정령왕에게로 넘어간 것이 패망의 씨앗이었다.

"사실 당시엔 괜찮았어. 정령계가 멀쩡하던 시절이라서 큰 타격을 입지 않았거든. 어느 적이 쳐들어와도 막아 낼 수 있을 만큼 인어국이 강대하던 시기였기도 했고."

문제는 정령계가 멸망하면서부터였다. 인어국의 입장에선 나라의 근간을 잃어버린 것이나 마찬가지였다. 이후로 지금까지 쭉 내리막길을 걷는 중이다. 왕국은 약해졌고 갈

수록 가난해졌다.

"잠깐만! 근데 정령왕에게 바쳤다는 반지가 왜 바율한테 있는 거야?"

"어라? 그러게? 그게 더 신기하네?"

정령왕을 소환했던 정령사가 있었다는 것보다 흥미로운 얘기였다. 정령왕이 갖고 있어야 할 물건이 어떤 연유로 바율에게 넘어갔는지 궁금했다.

"…미안하지만 나도 그게 궁금해. 아마 여기서 나보다 더 그 사실을 알고 싶은 사람은 없을걸?"

집중되는 친구들의 시선에 바율이 어색하게 웃으며 대꾸했다.

"란데르트 공작 전하께 여쭤는 본 거야?"

"아니."

"으잉, 왜?"

"아버지의 것이 아니니까."

"…아니라고?"

"어머님이 남기신 유품이야."

"…어머님이 남기신 유품이 펜던트 말고도 더 있었어?"

로건의 황금색 눈동자에 놀라움이 번졌다.

'저 펜던트도 어머니의 유품이라고?'

퀸의 고개가 기울어진 건 그때였다.

"응, 반지를 보면 돌아가신 어머니가 생각나신다고 모조리 치우라고 하셨대. 그래서 나도 초상화로밖에 보지 못했어."

바율을 침울한 음성으로 말을 이어갔다.

"너희도 알겠지만, 아버지와 어머니는 전쟁터에서 우연히 만나 사랑에 빠지셨어. 어머니는 가진 것 없는 평민에다가 고아셨지."

여전히 의문이었다. 평범했던 어머니께서 어떻게 그런 값비싼 보석을 지니고 계셨던 것인지 이해가 안 간다.

"반지는 어머니가 아버지를 만나기 전부터 끼고 계셨던 거래."

"진짜? 그럼 너희 어머님이 물의 정령왕이라도 되신다는 거야? 아니지, 이건 말이 안 되는데!"

"당연히 아니지. 그냥 돌고 돌아서 어찌하다가 얻게 되신 걸 거야."

그것이 바율이 할 수 있는, 가장 납득 가능한 판단이었다.

"어쩌면 돌고 돈 게 아닐 수도 있어."

퀸이 진지한 눈빛으로 바율을 바라보았다.

"반지의 전 소유자는 물의 정령왕 다프네그란데야. 그녀에게서 받은 것일지도 몰라."

"…퀸, 갑자기 그게 무슨 소리야? 우리 어머니가 어떻게 그걸 정령왕에게……?"

"오늘 얘기를 하도 많이 해서 머릿속이 꼬인 기분인데, 이제야 퍼즐이 좀 맞춰지는 것 같다."

"퍼즐?"

"하필 네가 아니었어. 너였기 때문이야."

나였기 때문이라고?

"그 펜던트, 대양의 눈처럼 어머니가 공작님을 만나기 전부터 갖고 있었던 것 맞지?"

"그렇긴 한데…… 이 펜던트가 왜……?"

바율은 불안하거나 고민이 있을 때면 펜던트를 만지는 습관이 있었다. 그러면 마음이 조금씩 안정이 되고는 했다. 녀석이 버릇처럼 목에 건 펜던트를 움켜쥐자 퀸이 그간 묻어 두었던 이야기를 꺼내기 시작했다.

"전에 나한테 물었지? 펜던트를 보고 왜 놀란 거냐고."

"…그건 맹세의 표식 때문에 반지를 보여 줘야만 들을 수 있는 거 아니었어?"

"내가 약속을 어기는 게 아니니까 괜찮아."

만일 퀸이 반지를 보고도 약속을 이행하지 않는다면 문제가 생긴다. 지금 같은 경우엔 맹세의 표식이 저절로 사라질 뿐, 별다른 문제는 없었다.

"바율, 네게선 물의 기운이 느껴져. 인간에게서 그런 기운을 느낀 것은 네가 처음이야."

"알아, 이노센트 때문에 그런 거잖아."

"실은…… 한 가지 이유가 더 있어."

"이유가 더 있다니?"

연이은 퀸의 아리송한 말에 바율뿐 아니라 친구들도 의아한 표정을 지었다.

"사실 그간 말하지 않았는데, 그 펜던트에서도 물의 기운이 느껴졌거든. 그것도 엄청나게 큰 힘이."

"이, 이…… 펜던트에서?"

놀란 나머지 절로 말이 더듬더듬 나왔다. 바율의 펜던트는 기억도 안 나는 아주 어린 시절부터 차고 있던 것이었다. 단 한 번도 몸에서 떼어 낸 적이 없을 정도로, 일종의 분신과도 같았다. 당연히 물의 기운이 담겨 있을 거라고는 꿈에도 상상하지 못했다.

"대양의 눈만 생각했을 때는 나도 단순히 어쩌다가 얻게 되신 것이라고 짐작했었어. 네 펜던트에서 가끔 막대한 기운이 흘러나오긴 했지만, 정령사인 네 영향인가 보다 하고 넘겼지. 그랬는데……."

"두 개의 보석이 모두 바율 어머님의 것이라고 하니 뭔가 이상하다는 거지?"

"맞아. 우연이라고 치기에는 너무 억지스럽지 않아?"

"가볍게 지나칠 문제가 아닌 것 같긴 해."

에이단이 수긍하며 바율의 펜던트를 똑바로 마주했다.

"그러고 보면 물방울 모양인 것도 특이해. 난 저렇게 생긴 펜던트는 여태 본 적이 없거든. 물의 정령과 관련이 있어서인가?"

에이단이 세상의 모든 목걸이를 본 건 아니지만, 누가 봐도 바율의 펜던트는 특별하고 독특했다.

"바율, 돌아가신 네 어머니에 대해 어떤 분이셨는지 말해 줄 수 있을까?"

퀸은 조심스러웠다. 살아 계셨더라면 더없이 좋았겠지만, 이미 고인이 되신 분이기에 바율의 상처를 끄집어내는 건 아닌지 우려가 된다.

"…그게, 나도 아는 게 별로 없어. 그저 우리를 낳다가 산고로 돌아가셨다는 것밖에는……."

어머니의 목숨과 맞바꿔 세상에 나온 것이 형과 자신이었다. 어려서는 철이 없어 몰랐지만, 자신들을 볼 때마다 힘드셨을 아버지를 생각하면 한없이 죄송한 마음이 든다. 형이 없는 지금은 더욱더.

"그래도 아버지나 하인들에게 들은 얘기라도 있을 거 아니야. 그중에 물과 연관 지을 만한 소재 같은 거 없었어?"

"란데르트 공작 전하께선 공작 부인에 대한 이야기가 도는 걸 싫어하셨어. 그래서 하인들도 늘 함구했지. 우리도 궁금해서 따로 조사해 보기도 했지만, 별것 없더군. 공작 전하의 위인전에 수록되었거나 남들도 다 알고 있는 딱 그 수준이었어."

퀸의 질문에 답한 건 로건이었다. 그가 힘들어하는 바율을 대신해서 예전 일을 말했다.

"저, 혹시…… 내가 이 펜던트의 영향을 받은 걸까?"

"무슨 뜻이야, 바율?"

"펜던트의 기운 때문에 내게도 물의 기운이 생긴 건가 해서……."

"글쎄…… 영향이 전혀 없다고는 못하겠지만, 바율 네게서도 물의 기운은 분명하게 느껴져. 펜던트에서는 지금 아무런 느낌도 전해지지 않거든."

"어?"

방금 전과 너무나 상반되는 설명이었다. 그에 친구들이 일제히 미간을 찌푸리자 퀸이 빠르게 부연했다.

"아, 내가 설명을 제대로 못 했구나. 펜던트에서는 물의 기운이 항상 느껴지진 않아. 갑자기 어느 순간 폭발할 것처럼 나타나지."

"폭발할 것처럼?"

"그것도 주기적이지는 않아. 잠잠하다가도 어쩌다 한 번씩 튀어나와서 처음엔 좀 당황스러웠지. 어느 날은 자고 있다가 깜짝 놀랐어. 순간 누가 나에게 말이라도 거는 줄 알았거든."

"말을 걸어……?"

"그냥 느낌이 그랬다고."

일라이의 지적에 별일 아니라는 듯 퀸이 넘어갔다.

"바율, 넌 느낀 적 없어?"

바율은 펜던트의 주인이었다. 정령을 느끼듯 무언가를 느꼈을지 모른다.

"아직 한 번도……."

하지만 바율은 고개를 저었다. 인어라는 종족의 특성상 물의 기운을 감지하는 퀸의 감각이 인간보다 예민할 수밖에 없다는 건 인정한다.

그러나 다른 것도 아닌 어머니의 유품이었다. 그런 귀중한 물건을 제대로 알아보지 못하는 스스로가 바율은 못마땅했다. 또다시 쓸모없는 존재가 된 것 같아서 씁쓸하다.

"바율, 낙담하지 마. 내가 '하필'이 아니라고 했잖아. 꼭 너였기 때문이라고."

"……?"

"네가 사대 정령과의 교감 능력을 갖고 태어난 것과는

별개로, 이 모든 건 분명 물의 정령왕과 관계가 있을 거야. 그 정령왕과 이어진 분이 바로 네 어머님이고."

퀸은 곧은 시선으로 바율을 응시했다.

"잘 들어, 바율. 넌 그런 어머니의 아들이야. 여기엔 틀림없이 어떤 큰 비밀이 숨겨져 있을 거야. 그걸 파헤쳐야 해."

비밀이 숨겨져 있다……?

바율의 손이 다시금 목에 건 펜던트로 향했다. 어려서부터 늘 궁금했던 어머니다. 초상화로밖에 만날 수 없는 어머니의 존재가 항상 그립고 애틋하고 죄스러웠다. 할 수만 있다면 과거로 돌아가 꼭 한번 뵙고 싶었다.

한데 난데없이 어머니와 물의 정령왕이라니. 결코 연결 지어 본 적 없는 고리다.

어디서부터 그 고리의 시작을 찾아야 할까.

펜던트를 만지는 바율의 눈빛이 혼란스럽게 요동쳤다.

Chapter 9.
바람의 정령, 템페스타

1.

기말고사가 코앞으로 다가왔다. 바율과 친구들은 매일 밤 오두막에 모여 각자 부족한 공부를 했다. 일라이는 이번에도 꼼꼼하게 정리된 노트를 바율에게 아무 대가 없이 빌려 주었다.

"바율, 너 또 펜던트 생각하지?"

열린 창밖으로 까르르하며 자지러지게 웃는 이노센트의 웃음소리가 들렸다. 녀석은 잉그리드와 한창 잡기 놀이를 하는 중이었다.

턱을 괸 채 멍하니 공터에 내비치는 달빛을 바라보던 바율에게 에이단이 쯧쯧 혀를 차며 말을 걸었다.

"응? 뭐라고?"

"이봐, 이봐. 너 그러다 기말 망치면 어쩌려고 그래? 잠시 펜던트는 잊고 지내라니까?"

"아."

그제야 자신이 또 딴생각에 빠졌음을 자각한 바율이었다.

"시험만 끝나면 바로 방학이야. 고민은 집에 가서 해도 늦지 않잖아. 기말시험이 얼마나 중요한 건데! 까딱 잘못했다간 방학 내내 부모님께 잔소리 들을 수 있다는 거 명심하길 바란다, 친구야!"

"에이단, 그게 네가 할 말은 아닌 것 같은데."

퀸이 앞을 보라며 턱짓했다. 에이단이 고개를 숙이자 잉그리드를 쏙 닮은, 그러나 크기는 수십 배로 큰 회색빛의 연이 날개를 펼친 채 탁자 하나를 전부 차지하고 있었다.

"내 연이 어때서? 어디 뭐 잘못됐나?"

"방금 네 입으로 기말시험이 중요하다면서."

"어, 그랬지."

"근데 넌 뭐 하는 거냐? 이번 시험은 수석 자리 포기했어?"

홀로 수석을 차지하지 못해 억울해하던 에이단이었다. 그런 녀석이 공부는 않고 연 만들기에만 집중하고 있으니

기가 찬다.

"포기라니? 내 인생에 포기란 없지!"

"그럼 뭔데?"

"공부는 틈틈이 시간 날 때 하는 거야. 벼락치기로 될 게 아니라고."

"그럼, 그럼. 우리 같은 우등생은 언제나 준비가 되어 있지."

일라이 역시 바율에게 정리 노트만 건네주고 연 만들기에 한창이었다. 녀석이 오두막 바닥에 길게 늘어뜨린 연 꼬리를 만족스럽게 내려다보며 씩 웃었다. 일라이의 연은 녀석의 머리 색처럼 새빨간 드래곤의 모양을 하고 있었다.

"500쿠나가 사람을 완전히 망쳐 놓았군."

"너희 진짜 안 할 거야? 아카데미 전통 행사라는데, 같이하자!"

"그래, 우리끼리만 하면 무슨 재미야. 여기 재료도 많이 남았겠다, 도와줄 테니 함께 만들자!"

에이단과 일라이가 각자의 피 같은 돈으로 사 온 재료를 바율과 퀸을 위해 선뜻 내놓았다. 얼레는 따로 사야겠지만, 천이나 대나무 살은 넉넉해서 충분히 둘의 것을 새로 만들 수 있을 것도 같았다.

"난 됐어."

인간들의 문화에는 관심 없었다. 솔직히 연 따위를 날려서 뭘 하자는 건지 인어족인 퀸은 이해할 수 없었다.

연날리기 대회는 캐링스턴 학생이라면 누구나가 참여할 수 있지만, 강제성은 없기에 불참한다 해도 무방했다.

"나도 괜찮아. 사실 만들어 본 적도 없거든. 괜히 끼었다가 너희를 불편하게만 할 거야."

"헐, 바율! 우리도 처음이야!"

에이단과 일라이가 황당해서는 소리쳤다.

"야, 로건. 너도 처음 아니냐?"

진즉에 연을 완성한 로건은 홀로 침대에 기대 역사 공부를 하던 중이었다. 그가 고개를 끄덕이며 덧붙였다.

"1학년생 대부분이 처음일 거야."

"거봐. 들었지? 이런 건 참가하는 데 의의를 두는 거야. 이게 다 추억이 되는 거라고!"

"…그럼 500쿠나는 안 타도 괜찮겠군."

"야, 퀸! 그건 안 되지! 내가 여기에 투자한 돈이 얼만데!"

"참가하는 데 의의를 두라면서? 말이 앞뒤가 너무 다른 거 아니야?"

"너 지금 나한테 따지는 거냐? 너 지금 너희 조상 왕님만큼이나 되게 어이없는 거 알지?"

"나야말로 어이없게 갑자기 내 조상님은 왜 튀어나오지?"

"너도 막 화딱지 나고 그러지? 그게 바로 딱 내 심정이야!"

비교하는 방법도 참 가지가지다. 에이단의 뻔뻔함에 퀸은 기가 질릴 지경이었다.

"다 만들었으면 나가서 연습 겸 날려 볼까?"

로건이 침대 밑에 내려놨던 연을 들고는 먼저 오두막을 나섰다.

에이단과 일라이는 이제 막 연을 완성했다. 둘은 반드시 이번 대회에서 입상하는 게 목표였다. 그래야 여름 방학이 좀 더 편안하고 안락해질 것이다. 무조건 연습만이 살길이라며 녀석들이 후닥닥 연을 챙기고 로건의 뒤를 따랐다.

"근데 나 궁금한 게 있어."

문을 닫기 전 에이단이 돌아보며 퀸에게 물었다.

"그 청혼은 어떻게 됐어?"

"청혼?"

"네 조상 왕님이 정령왕에게 한 청혼 말이야. 반지를 받았으니까, 청혼을 받아들인 건가?"

"…아니. 까였어."

그것도 아주 대차게.

"헉! 까였다고? 그럼 반지만 먹고 나른 거야?"

"아마도."

"대박! 그 정령왕 너무했네. 그럼 반지를 받지 말았어야지. 좀 재수 없다. 그치?"

"에이단! 안 나오냐?"

밖에서 일라이가 에이단을 부르는 소리가 들렸다.

"어, 간다!"

녀석이 바로 뛰쳐나갔고 오두막에는 바율과 퀸, 둘만이 남았다.

"우리도 구경이나 하러 나갈까?"

도무지 시험공부에 집중하기가 어려웠다. 에이단이 정령왕을 다시 거론하는 바람에 머리만 더 복잡해졌다.

"응, 퀸. 그러는 게 낫겠어."

공터로 나가니 연 세 개가 공중에서 자유롭게 흩날리고 있었다. 그 주변을 이노센트와 잉그리드가 열심히 쫓으며 날고 있다.

하지만 바율은 마음 편히 웃을 수가 없었다. 그의 손이 오늘도 여지없이 펜던트를 꽉 그러쥐었다.

2.

　기말고사가 끝나고, 드디어 아카데미 전교생이 고대하던 연날리기 대회가 개최되었다. 매년 이맘때면 연날리기에 좋은 바람이 캐링스턴을 찾아온다. 절벽 인근에 위치한 바람의 언덕에서 수백 개의 연이 한꺼번에 하늘을 수놓는 광경은 가히 장관이 아닐 수 없었다.

　상금도 상금이지만 연날리기는 아카데미 학생들에겐 일종의 방학 세리머니였고, 캐링스턴 시민들에겐 놓칠 수 없는 재미난 구경거리였다.

　단풍이 물드는 가을이 되면 열리는 교내 축제와 더불어 가장 인기 있는 아카데미의 연중행사였다.

　"바율, 목도리 같은 거 없어?"

　먼저 준비를 끝낸 친구들이 바율과 퀸의 방으로 모였다. 에이단과 일라이의 닦달에 결국 참가하기로 한 바율은 남은 재료로 무난한 방패연을 만들었다. 그래도 나름 창과 검을 그려 넣어 전쟁의 신 아고스의 방패를 연상시키려 노력했다.

　"목도리는 왜?"

　"바람이 세게 불어서 꽤 춥거든. 여름이라도 감기 걸릴 수 있어."

괜히 이름이 바람의 언덕이 아니었다. 미리 챙겨서 나쁠 것은 없다.

"음, 어쩌지? 지금 당장은 하나도 없는데."

"나 있어. 내 거 써."

퀸이 기꺼이 빌려주겠다며 벽장으로 향했다.

"근데 너희 셋도 목이 허전한데? 따로 가방에 챙겨 온 거야?"

바율이 친구들의 주변을 살폈지만, 별도의 가방 같은 것은 없었다.

"난 괜찮아."

"나도 추위를 별로 안 타서."

"감히 바람 따위가 날 꺾을 순 없지."

그러니까 다시 말해 약골인 바율만 준비하면 된다는 얘기였다.

"저기, 내 걱정을 해 주는 건 좋은데……."

"찾았다!"

바율도 괜찮다는 말을 하려는 찰나, 퀸이 그의 머리칼과 유사한 푸른 빛깔의 목도리를 가져와 바율의 목에 칭칭 감았다.

"으앗, 퀸! 나 지금은 하나도 안 추워. 이건 그냥 나중에……."

"그럼 허리에 묶어 줄까?"

"…어?"

"들고 다니다가 잃어버릴 수도 있잖아. 네 양손으로는 부족할 것 같은데?"

바율의 한쪽 손에는 방패연이, 다른 한 손엔 얼레가 들려 있었다. 퀸의 말처럼 목도리를 하지 않고 가져가려면 허리에 두르는 수밖에 없다.

"목에 감는 게 낫겠지?"

"…으응."

목도리를 허리에 감았다간 이목을 끌기에 십상이다. 바율의 대꾸에 만족하며 퀸이 손수 친절하게 매듭을 묶었다.

"근데 이건 무슨 책이냐? 표지가 왜 이렇게 살벌해?"

그때 에이단이 바율의 책상에 놓인 성서를 발견하고 인상을 찌푸렸다. 칙칙한 검은 날개가 왠지 섬뜩했다.

"아, 그거?"

바율의 시선이 잠시 일라이에게 갔다가 돌아왔다.

"…신전에서 받아 온 성서야."

"성서?"

"설마 절망의 신전에서 받은 거냐?"

역시나 일라이의 눈꼬리가 사납게 휘어졌다. 이상하게 마족과 관련된 얘기만 나오면 날카롭게 변하는 탓에 바율은 괜스레 눈치가 보였다.

"갑자기 성서는 왜 주신 건데?"

"그게 있잖아……."

"헉! 혹시 너한테 신관을 권유하시는 건가?"

"무슨 그런 말도 안 되는 소리를! 바율은 란데르트 공작
가의 후계자야. 녀석에게 그런 말을 하는 것 자체가 큰 실
례라고!"

"아니, 내가 뭐 그러라고 했냐? 친화력이 높다고 하니까
물어본 거지!"

로건의 정색에 에이단이 버럭 하자 녀석의 페도라가 잠
깐 들썩였다. 자고 있던 잉그리드가 깜짝 놀란 것 같았다.

"그런 거 아니니까 둘 다 그만해. 사제님 말씀이 전보다
친화력이 더 강해진 것 같다고 하시면서, 도움이 될지도 모
르니까 가져가서 시간 되면 읽어 보라고 하셨어. 그게 전부
야."

"친화력이 더 강해졌다고?"

살면서 이보다 더 짜증 나는 말은 들어 본 적이 없다는
듯 일라이가 얼굴을 일그러뜨리며 격분했다.

'이래서 내가 얘기 안 하려고 했는데…….'

성서를 숨기지 못한 것이 잘못이라면 잘못이었다.

"바율, 너 진짜 엄청나구나?"

"……?"

"정령사도 모자라서 이제 마신까지 부리려는 거냐? 대체 못 하는 게 뭐냐? 완전 만능 재주꾼이네!"

"재주꾼은 무슨! 마족에게 위협받을 확률이 몇 배로 늘어났는데, 넌 그게 좋으냐? 앙?"

"얘, 얘 또 시작이다. 저놈의 마족 혐오증. 못 말린다니까."

에이단이 상대할 가치를 못 느끼겠다는 듯 고개를 절레절레 젓더니 뒤돌아 나갔다.

"야! 사람 말하는데 어디 가!"

"연 날리러 간다! 이러다 늦겠어!"

"으앗! 시간이 언제 이렇게 흘렀지?"

시계를 보니 정말로 곧 대회가 시작할 시간이었다. 지체할 틈이 없다.

"바율, 빠진 것 없이 다 챙겼지? 어서 가자!"

화가 난 와중에도 바율을 살뜰하게 챙기며 일라이가 각오를 다졌다.

"500쿠나! 내가 꼭 가져오고 말 테다!"

주문을 외듯 앞장서 걸어가는 일라이를 뒤따르며 퀸은 한숨을 내쉬었고, 바율은 웃음을 참으려고 애썼다. 무표정한 건 로건이 유일했다.

―헤에, 신난다! 잉그리드랑 또 같이 놀아야지!

공중에 뜬 연을 장벽 삼아 요즘 한창 숨바꼭질 놀이에 빠진 이노센트였다. 공터에서 연습을 할 때마다 질리지도 않는지 매번 날아와 일행의 정신을 사납게 했다.

오늘은 그전과는 비교할 수 없을 만큼 많은 연이 떠오를 것이다. 그 속에서 이노센트가 무슨 난리를 피우는 건 아닐지 바율은 내심 걱정이었다.

'셰임이라도 어른스러워서 다행이야.'

3.

바람의 언덕은 연날리기 대회를 준비하는 학생들과 그걸 보기 위해 몰려든 구경꾼으로 발 디딜 틈 없이 빼곡했다. 바율은 입학 이래로 아카데미에 이토록 많은 사람들이 모인 것을 처음 보았다.

이사장과 총장을 포함한 교수진이 심사 위원석에 나란히 앉아 있었다. 그런 모습을 보니 연날리기가 아카데미의 중요 행사임을 다시 한번 깨닫게 된다.

"여어, 너희도 참가했구나?"

바율과 친구들이 연을 점검하고 있는데 익숙한 목소리가

들려왔다. 덥수룩한 머리에, 턱에는 꺼칠꺼칠 수염이 돋아난 로티어스 교수였다. 황궁에서 돌아온 그는 단정함을 버리고 본연의(?) 행색을 찾아가는 중이었다.

"로티어스 교수님도 참가하시게요?"

그의 손에 들린 연을 발견하고 아이들의 눈이 커졌다.

"왜들 그렇게 놀라? 교수는 참가하지 말란 법이라도 있어?"

"…상금은요? 교수님도 입상하면 상금 타시나요?"

"당연하지! 나 작년에도 삼 등 먹었다! 상금으로 고급 담배를 구입했지!"

그런 자신이 몹시도 자랑스럽다는 듯 로티어스 교수의 어깨가 귀에 닿을 정도로 솟았다.

"우 씨, 이건 너무 불공평한 거 아닙니까?"

"맞아요. 선배들도 이기기 어려운 판에, 교수님까지 경쟁자로 나서시면 곤란하죠!"

"저희한테 이렇게 아무 정보도 없이 툭 나타나시면 어쩝니까?"

"진짜 너무하십니다!"

"너희 설마 지금 나 견제하는 거니?"

에이단과 일라이의 연이은 불평에 로티어스 교수가 어처구니없다는 듯 웃음을 터뜨렸다.

"아이고, 꿈도 야무지지. 아무리 소년이여, 야망을 가지라고 누군가 말했다지만. 녀석들아, 그게 될 성싶으냐?"

"교수님, 방금 그 말씀, 설마 저희 무시하는 발언이신가요?"

"저희는 절대 우승하지 못할 거라는 뜻으로 들리는데, 맞습니까?"

평소 학생들에게 용기와 희망을 심어 주는 말씀만 하시는 분이거늘 오늘따라 왜 이리 비딱하신지 모르겠다. 담배가 보이지 않는데, 금단 증상이라도 오신 것인가?

"너희는 오늘을 제외하고도 세 번의 기회가 더 남았지만, 선배들은 아니란다. 보아하니 둘은 상금이 탐나서 참가한 모양인데, 시간이 지나면 알게 될 거다. 선배들이 연을 날리는 이유가 꼭 상금 때문은 아니라는 걸."

"…다른 상품이 더 있는 겁니까?"

"그게 뭔데요?"

"그건 너희 스스로 찾아내야지. 그리고 한 가지 더."

로티어스 교수가 생글거리며 놀리듯 말했다.

"아카데미 역사상 1학년은 아직 한 번도 우승한 사례가 없단다."

"에엑? 진짜요?"

"참가율은 꽤 높지만, 다들 몸통이 부서지거나 연줄이

끊어지는 사고를 당하곤 하거든. 아마 오늘도 그럴 거야."

"멀쩡한 연이 왜 부서지고 끊어져요? 잘못 만든 것 아니에요?"

에이단은 진심 이해가 안 간다는 듯 미간을 찡그렸다.

"글쎄. 왜일까나?"

의문만 잔뜩 던져 준 채 로티어스 교수가 손을 흔들며 멀어졌다. 얘기를 나누는 동안 살짝 훔쳐본 로티어스 교수의 연은 바율의 연과는 비교조차 할 수 없을 만큼 튼튼하고 단단해 보였다.

"교수님 오늘 너무 얄밉지 않냐?"

"말씀을 왜 해 주다가 마시지? 평소엔 엄청 친절하시면서 이상하네."

연을 살피는 에이단과 일라이의 낯빛이 불길함에 어둡게 물들었다.

삐이—

호각 소리가 울린 것은 그때였다. 대회의 개회를 알리는 축사가 언덕 전체에 울려 퍼졌다. 이번 대회는 특별히 라예가르 이사장이 참석해 자리를 빛내 주고 있다며 총장이 아낌없는 찬사를 늘어놓았다.

잠시 후, 드디어 지루한 축사가 끝나고 본격적인 대회의 서막이 올랐다. 바람의 언덕에 넓게 퍼진 채 대기하고 있던 학생들이 들뜬 기색으로 각기 준비한 연들을 하나둘 띄웠다.

"우아아아!"

구경꾼들의 함성이 터졌다. 바람을 타고 연들이 순조롭게 하늘로 올라갔다. 각양각색의 연이 창공을 메우는 모습은 생각보다 훨씬 더 감동적이고 아름다웠다. 바람의 언덕을 가로지르는 상쾌한 바람이 연과 함께 모두의 가슴을 시원하게 적셨다.

"오오, 난다! 날아!"

흥분한 에이단이 소리를 질렀다.

"역시 내 연이 제일 멋있지 않냐?"

일라이가 자신의 연을 올려다보며 자화자찬을 쏟아 냈다.

에이단의 잉그리드를 본떠 만든 부엉이 연과, 레드 드래곤을 연상시키는 일라이의 연은 바율이 보기에도 제법 그럴싸했다. 로건은 그의 머리 색처럼 새까만 매 모양의 연을 만들었는데, 밑에서 보니 실제로 매가 날아가는 듯했다.

'내 것만 너무 초라하네.'

아무리 친구들의 등쌀에 떠밀려 만든 거라지만 이쯤 되니 창피한 기분이 든다. 그냥 퀸처럼 구경만 할 걸 그랬다.

"으아아앗!"

"안 돼애애!"

그때였다. 평화롭게 출발한 대회가 시끄럽게 돌변하며 여기저기서 비명이 속출했다. 로티어스 교수님의 예언대로 연의 몸통이 부서지고 연줄이 끊어지기 시작한 것이다.

"뭐, 뭐지?"

"선배들의 연줄에 닿으니까 줄이 끊긴 것 같은데?"

그것이 바로 연싸움이었지만 초보자인 그들에게 일일이 설명해 줄 사람은 어디에도 없었다.

연줄에 아교와 유리 가루를 바르면 칼날 같은 효과를 낼 수 있다. 남의 연줄에 엇대거나 감으면 줄을 잘라 낼 수가 있는 것이다. 2학년만 되더라도 다 아는 기술이지만, 불행히도 그들은 아직 1학년이었다. 1학년 때 겪는 억울함 때문에 상급생들이 절대로 신입생들에게 미리 알려 주지 않는 것도 전통이라면 전통이었다.

"…어?"

끊어진 연들이 허망하게 날아가는 모습을 안타깝게 바라보던 바율의 시선에 어쩐지 낯설면서도 익숙한 장면이 포착되었다.

한 열 살쯤 되었을까?

웬 남자아이가 입을 막은 채 웃음을 참아 가며 연줄을 흔들고 있었다. 그러자 잘 날고 있던 연이 휘청하더니 주위의 연들과 줄이 엉킨 상태로 뱅뱅 돌다가 결국 지상으로 떨어졌다.

그에 신이 난 듯 주먹 쥔 손을 번쩍 쳐들며 남자아이가 날아올랐다. 녀석이 쭉 뻗은 다리로 촘촘한 연줄 사이를 통과하자 수십 개의 연줄이 타다닥 잘리며 바람의 언덕에서 멀어졌다.

바율은 자신의 연을 살필 겨를도 없이 홀린 듯 아이만 쳐다봤다. 그러다 어느 순간 둘의 시선이 허공에서 얽혔다.

―……!

아이가 깜짝 놀란 듯 흠칫하며 공중에서 멈춰 섰다.

―쳇, 들켰네!

입술을 삐쭉거리며 팔짱을 낀 채 방어적인 자세를 취하는 소년.

바율의 세 번째 계약 정령이자, 훗날 바람의 정령왕이 될 심술쟁이 템페스타의 등장이었다.

4.

"바율, 왜 그래?"

다른 친구들은 선배들에게서 연을 지켜 내느라 고군분투

중이었지만, 퀸은 뒷짐을 진 채 여유로운 관람객 모드였다. 그러던 그가 이상함을 느끼고 바율에게 다가와 작게 물었다.

"…나타났어."

"나타나?"

"응……."

퀸이 차가운 푸른 눈을 들어 바율의 몽롱한 시선을 쫓았다. 하나 그에게 바람의 정령이 보일 턱이 없다. 녀석은 바율에게 존재를 들켰다는 것에 잔뜩 골이 나 있었다.

—아 씨, 왜 자꾸 쳐다보는 거야!

바율의 눈길이 불편한지 바람의 정령이 눈에 쌍심지를 켜며 소리쳤다.

'날 싫어하는 건가?'

이노센트와 셰임과는 달라도 너무 다른 반응에 바율은 일순 당황스러웠다.

'내가 뭘 잘못했나?'

바율이 할 수 있는 거라곤 고작 이런 생각뿐이었다.

—흥! 기억도 못 하는 게!

바람의 정령이 콧소리를 내며 획 돌아섰다. 그러자 갑자기 그 일대에 강풍이 몰아쳤다.

쑤아아앙!

"꺄아아!"

"내 여어언!"

한창 잘 날고 있던 근방의 연들이 강풍에 휩쓸려 균형을 잃고 흔들리다가 최후를 맞는 참사가 다량 발생했다.

아이들은 당연히 울상을 지었고, 그 범위에서 비켜나 있던 참가자들은 '오예' 하며 환호했다. 경쟁자의 말로는 살아남은 자들에겐 축복이자 기쁨이었다.

"설마 바람의 정령……?"

퀸이 그제야 눈치를 채고 눈을 부릅떴다.

"응, 퀸…… 이제 보이기 시작했어."

"어디야? 어떻게 생겼어?"

퀸이라고 왜 궁금하지 않겠는가. 드디어 세 번째 정령이 나타났다. 물과 땅에 이어서 바람이 등장한 것이다. 예상은 하고 있었지만, 이 기적 같은 상황에 퀸은 답지 않게 감격에 복받쳤다. 다른 친구들도 함께 들었다면 좋았겠지만, 그들은 온 정신이 연을 날리는 데 팔려 있었다.

"어린 소년이야. 한 열 살 정도?"

녀석의 짧은 은청색 머리칼이 바람에 나풀거렸다. 한쪽 옆머리만 길게 땋아 내린 모습이 인상적이었다. 투명하리만치 하얀 피부에 약간 찢어진 눈매, 그 속에 빛을 머금은 듯한 은백색 눈동자가 자리하고 있다. 얇은 실크로 된 하얀

색 잠옷 위에 같은 재질의 푸른 가운을 걸치고 있었다.

무엇에 화가 났는지는 모르겠지만, 어쨌든 녀석은 전체적으로 상당히 귀여운 외모였다.

"왜 이제야 나타난 거래? 성격은 좋아 보여?"

퀸이 애정해 마지않는 이노센트가 질색하는 대상이었다. 그도 신경이 쓰일 수밖에 없다.

"이유는 아직 모르겠고…… 성격은……."

'뭐라고 해야 하지?'

당장은 바율이 말할 수 있는 게 아무것도 없었다. 기실 바람의 정령이 보이기만 할 뿐, 어떤 대화도 나누지 못했다. 외려 미움을 받고 있는 처지다.

"혹시 셰임처럼 부끄럼이라도 타는 거야?"

바율이 말을 안 하니 퀸으로선 응당 할 수 있는 생각이었다.

—나를 지금 누구랑 비교하는 거야!

하지만 그 말에 자극을 받은 이가 있었으니, 바람의 정령이었다. 멀찍이 떨어진 상태로 어떻게 들었는지 녀석이 버럭 신경질을 냈다.

—나는 그 녀석과는 다르다구!

콰아아아아!

"뭐, 뭐야?"

부지불식간에 벌어진 일이었다. 바람의 정령이 소리침과 동시에 맹렬한 바람의 소용돌이가 생겨났다.

"갑자기 용오름이 왜 발생한 거야?"

퀸이 설명해 보라며 바율을 쳐다봤지만, 까닭을 모르기는 바율도 마찬가지였다. 정황상 바람의 정령이 화가 나서 이 사달이 난 것 같은데, 도무지 영문을 모르겠다.

세임을 입에 담았을 뿐인데, 그게 이토록 화가 날 일인가? 혹시 둘 사이가 안 좋은 걸까?

바율이 그런 쓸데없는 생각에 빠진 사이 이미 소용돌이가 바람의 언덕을 집어삼키고 있었다.

"으아앙!"

"이건 꿈이야아!"

건물을 무너뜨릴 정도로 강력한 수준은 아니었지만, 연날리기 대회를 망치기에는 충분했다. 바람의 언덕을 지반 삼아 사납게 휘젓는 용오름으로 인해 많은 연들이 무너져 내렸다. 그야말로 엉망진창이었다.

"바람으로 바람을 자를지어다! 윈드 커터!"

그때 심사 위원석에 있던 마법학부 교수가 호기롭게 나섰다. 용오름을 없애기 위한 과감한 시도였지만, 불행히도 사라지기는커녕 두 개로 나뉘는 사태로 번졌다. 이러다 사람들이 다치는 건 아닐지 바율은 더럭 겁이 났다.

'어, 어떡하지?'

바율이 걱정하며 주변을 휘둘러보던 순간이었다.

"……!"

심사 위원석에 앉은 라예가르와 눈이 딱 마주쳤다.

'왜……?'

기이하게도 그는 당황하기는커녕, 웃고 있었다. 총장과 다른 교수들의 얼굴은 사색이 되어 가는 판에 정작 이사장 이라는 사람이 바율을 보며 희미하게 미소를 짓고 있다.

그러던 그의 시선이 공중으로 향했다. 다들 용오름 때문 에 혼비백산 비명을 지르고 있는데, 그만이 태평하게 한곳 을 바라보았다.

'설마 바람의 정령이 보이는 건가?'

라예가르의 시선은 정확히 바람의 정령이 서 있는 곳이 었다. 녀석은 자신이 저지른 짓에 꽤 흡족한 듯 만족스러운 얼굴로 지상을 내려다보고 있었다.

"바율, 이거 바람의 정령 짓이지?"

"뭐? 바람의 정령?"

"기어이 나타난 거냐?"

어느새 친구들이 몰려와 있었다. 그들의 연도 용오름의 희생양이 되어 어디론가 사라지고 없었다.

"좀 전부터 보이는 것 같아."

"그래? 그럼 얼른 저 바람 좀 멈추게 하라고 해! 이게 무슨 날벼락이냐고! 아씨, 내가 그 연을 어떻게 만들었는데!"

에이단은 거의 울 것 같은 표정이었다.

"…그게, 내 말을 안 듣는 것 같아."

"으잉? 그건 또 뭔 소리냐?"

정령이 정령사의 말을 안 들으면 누구 말을 듣는데?

친구들의 얼굴에는 하나같이 그렇게 쓰여 있었다.

"아무래도 내가 뭔가를 잘못했나 봐. 내가 쳐다보는 것도 싫어하는 느낌이거든……."

"정령이 널 싫어한다고?"

"그게 말이 돼?"

이노센트와 셰임이 바율을 얼마나 아끼고 챙기는지 그동안 봐 온 게 있다. 당연히 바람의 정령 또한 그럴 거라고 생각했다.

"근데 이해가 안 가는 게, 오늘 처음 본 거 아니야? 네가 잘못을 저지를 새가 있긴 했어?"

"난 보지 못해도, 바람의 정령은 날 봤을 테니까. 그냥 나도 모르겠어. 나에게 왜 이렇게 적대적인지 누가 대신 좀 물어봐 줬으면 싶을 정도야."

그간 말하지 않았지만, 바율도 은근히 정령에 대해 자신감이 붙던 중이었다. 자신도 이제 잘하는 게 하나쯤은 생긴 것 같아 내심 뿌듯했다. 그 자신감이 바람의 정령에서 이렇게 가로막히게 될 줄은 전연 짐작도 못 했다.

"그럼 방법이 없는 건가? 저걸 계속 두고 봐야 해?"

"마법이 왜 통하질 않는 거지?"

위험하다 싶으면 실드 마법으로 보호만 하는 형국이었다. 용오름이 알아서 잦아들기 전까지는 해결 방안이 없는 듯했다.

"방법이 아주 없는 건 아니야."

그저 그 방법을 쓰고 싶지 않았을 뿐.

바율은 마음의 결정을 내리고 땅의 정령, 셰임을 불렀다.

'셰임, 부탁해요.'

바율이 믿고 의지할 수 있는 존재, 셰임이라면 용오름을 충분히 멈추게 할 수 있을 것이다. 더 이상 아카데미의 중요 행사를 망치게 놔둘 순 없었다.

우두둑!

투두두둑!

바율의 명을 기다리기라도 한 것처럼 셰임이 바로 움직였다. 용오름이 지나가는 자리마다 나뭇가지와 흙, 바위 등이 함께 허공으로 치솟았다. 그것들은 일견 소용돌이에 휩싸이듯 보였지만, 종국에는 바람의 정령을 향하고 있었다.

—지금 나랑 해보자는 거야?

바람의 정령이 분통을 터뜨리자 용오름이 더 거세졌다. 그에 질세라 커다란 나무 한 그루가 뿌리째 뽑혀 나왔다.

"꺄아악!"

아이들의 비명 소리가 바람의 언덕에 떠나가라 퍼졌다.

—이이익!

셰임의 반격에 더욱 심하게 날뛰던 용오름이 어느 순간 서서히 잦아들기 시작했다. 끈질긴 셰임의 공격에 바람의 정령이 결국 백기를 든 것이다.

셰임은 생각보다 집요했고 공세가 대단했다. 마치 버릇 없는 어린 손자를 할아버지가 엄하게 야단치는 것 같았다.

"휴, 다 끝났네."

"망할 바람의 정령 같으니라고."

"…어라? 근데 저거 누구 연이지?"

소란이 잦아들자 그제야 창공에 홀로 떠 있는 연 하나가 사람들의 시선을 사로잡았다. 난리 통에 모든 연들이 망가진 줄 알았는데, 용케 살아남은(?) 연이 하나 있었다.

"누구야?"

"누구 거야?"

학생들이며 구경꾼들이 웅성거렸다. 그리고 그때 바율과 친구들은 깨달았다. 멀쩡한 연의 주인은 다름 아닌 바율이었던 것이다.

"헐! 저 방패연, 바율 네 거잖아!"

너무 황당한 나머지 바율은 차마 입이 떨어지지가 않았다. 그가 연을 한 번 올려다보았다가 고개를 숙이고 손에든 얼레를 내려다보았다.

'나도 모르게 얼레를 계속 쥐고 있었어…….'

바람의 정령을 신경 쓰느라 연은 거들떠보지도 못했는데, 이게 무슨 조화인지 그저 얼떨떨하기만 하다.

"널 꼭 그렇게 싫어하는 것만은 아닌 것 같다."

"…어?"

"설마 네 연만 멀쩡한 이유가 우연이라고 생각하는 건아니지?"

일라이의 지적에 바율은 그제야 작금의 상황을 이해했다. 그렇다. 이건 절대 우연이 아니다. 바람의 정령이 이렇게 만든 것이다.

'날 싫어하는 줄 알았는데…….'

"아무튼 축하한다, 바율. 어쨌든 네가 올해의 우승자야."

본디 연날리기 대회의 우승은 가장 강하면서도 화려한 연의 주인에게 돌아간다. 평소라면 바율의 평범한 방패연이 우승할 리 없지만, 지금은 그것이 하늘에 유일하게 떠있는 연이었다. 심사를 하고 말 것도 없이 우승 확정이다.

"캐링스턴 아카데미 역사상 처음으로 1학년 우승자가 탄생하였습니다! 바율 혼 란데르트 학생은 즉시 단상으로 올라오세요!"

갑작스러운 결과에 바율이 어리둥절한 그때, 대회 진행자의 목소리가 바람의 언덕을 가로질렀다. 이미 주변이 난장판이 되었는데도 구경하는 사람들을 위해선지 어떻게든 마무리를 지으려는 모양이었다.

바율은 거의 등이 떠밀려서 단상에 올랐다. 전교생이 다 보는 앞에서 이런 일을 겪으니 정신이 혼미해질 지경이었다.

"우승 축하해."

라예가르가 싱긋 웃으며 상금이 든 봉투를 바율에게 건넸다. 옆에 있던 총장이 호들갑을 떨며 아는 척했다.

"란데르트 공작 전하께서 이 소식을 들으시면 얼마나 기뻐하실까! 신입생이 우승을 하다니 참으로 신기한 날이구나!"

"…운이 좋았습니다. 본래 제 실력이었다면 절대 우승하지 못했을 거예요."

"맞아. 더러운 성질 덕을 좀 본 게지."

"…저기, 이사장님? 더러운 성질이라니요?"

흠칫하는 바율 대신 총장이 고개를 갸웃하며 묻자 라예

가르가 바람의 언덕을 가리키며 말했다.

"바람 말이야. 고약한 놈 때문에 바욜 군만 운이 좋았다는 뭐 그런 얘기지."

"아아, 그렇긴 하지요. 원체 바람이 심하게 부는 곳이긴 하지만, 오늘처럼 지랄, 아니 지독하게 분 건 저도 처음 봅니다."

"원래 지랄 같은 성격이라서 그래."

"…예?"

"난 상금도 줬으니까 이제 할 일 끝난 거지?"

"아, 네. 네, 그렇습니다."

"그럼 가 볼게. 만나 볼 녀석들이 있어서 말이지."

가 보겠다던 이사장이 불현듯 얼굴을 들이밀며 바욜의 귀에 대고 속삭였다.

"다시 한번 축하. 잘 지내 봐."

"무슨……?"

바욜이 뜻을 이해하지 못하고 되물었지만, 이미 이사장은 단상 아래로 내려가는 중이었다.

Chapter 10.
여름 방학

1.

"바율! 바람의 정령인지 뭔지 좀 다시 불러내 봐!"

기숙사에 돌아오자마자 에이단이 분기탱천하며 얼레를 내팽개쳤다.

"내가 오늘 꼭 그놈 면상 좀 확인해야겠거든? 내가 가만히 두나 봐라. 그놈 때문에 날린 돈이 대체 얼마인 줄이나 알아? 아악, 내 피 같은 돈! 그 돈이면……!"

액수가 떠오르자 절로 몸이 부르르 떨렸다. 도무지 분이 안 풀린다. 시험공부까지 등한시하며 준비한 대회였다. 그런데 그걸 바람의 정령이라는 놈이 다 망쳐 버렸다.

"내 방학 어쩔 거냐고! 방학 내내 알바만 하게 생겼잖아!"

반드시 입상해서 가족들의 코를 납작하게 만들려던 계획이 전부 수포가 되었다. 당당하고 떳떳하게 방학을 즐기려고 했건만 놀림만 당하게 생겼다.

"방학인데 무슨 알바를 하겠다는 거야? 도서관 말고 어디 다른 데 취직하게?"

"너희 혹시 노동 착취라고 들어는 봤냐?"

에이단이 제풀에 꺾여서는 징탄식을 내뱉으며 침대로 쓰러졌다.

"모르면 말을 말아라."

학기 중엔 기숙사 덕에 잘 피해 왔지만, 방학에는 어디 숨을 곳도 없다. 꼼짝없이 잡혀서 일을 배워야 할 처지에 놓였다.

"상금 타면 맛있는 것도 사 먹고, 여행도 가고 실컷 놀려고 했는데 다 틀렸어. 으으, 벌써 그 지옥이 눈앞에 훤하다!"

"혹시 집에서 너한테 일 시킨다는 소리냐? 직원들도 엄청 많을 텐데, 왜 너한테 일을 맡겨?"

"세상에 공짜 밥이란 없다! 이게 우리 집 가언이란다."

"헐, 무시무시하네. 에이단 너도 나처럼 학대받으면서 큰 거냐?"

"학대까지는 아니고, 우리 할아버지 신조가 뭐든 밑바닥부터 배워야 한다는 거야. 아버지도 형도, 다른 친척들도 전부 말단 직원으로 시작했어. 아마 개처럼 끌려다니면서 일하게 될걸?"

레오네트 백작가의 자식으로 태어났으면 피해 갈 수 없는 수순이었다. 적성에 정말 안 맞는 일이지만, 가끔은 하기 싫어도 억지로 해야 할 때가 있다. 이번이 바로 그때였다.

"할아버님의 신조는 마음에 드는군."

"야, 퀸! 너 지금 불난 집에 부채질하냐?"

남은 지금 열통이 터지겠구먼, 한가롭게 신조 칭찬이라니 어이가 없다.

"네가 꼭 입상할 거라는 보장은 없었어."

"뭐야?"

이번엔 로건이었다. 이번만은 도저히 참기 힘들다는 듯 에이단이 발딱 일어나 로건을 노려보았다.

"로건……."

바율이 고개를 저으며 하지 말라는 신호를 보냈지만, 로건은 주저하지 않았다.

"용오름이 아니었어도 우리 모두 선배들의 공격을 막아 내지 못했을 거야."

"그걸 네가 어떻게 알아? 바람 자식이 날뛰기 전까지만 해도 나 엄청나게 잘하고 있었거든! 정 위험해지면 잉그리드에게 도와 달라고 부탁해도 됐었단 말이야! 뭘 알지도 못하면서 참견이냐?"

"그냥 우리 집에 오는 게 어때?"

"…무슨 의미지, 그건?"

난데없는 로건의 제안에 에이단이 수상한 눈빛으로 주춤거렸다.

"내일 종강하면 나랑 같이 가자는 뜻이야. 아버지께 부탁하면 레오네트 백작님께 서찰 한 장 정도는 써 주실 거야."

"…그러니까 네 말은, 방학을 너의 집에서 너와 같이 보내자는 거냐?"

"노동에서 해방될 수 있으니까? 오, 그거 괜찮은 방법이네!"

일라이가 듣던 중 반가운 소리라며 손뼉을 쳤다.

"이참에 다들 시간 맞춰서 방학 중에 뭉쳐 보자. 완전 재밌겠다!"

"괜찮긴 뭐가 괜찮냐? 내가 미쳤냐? 그 긴 여름 방학을 저 녀석과 지내게?"

로건을 가리키는 에이단이 손가락이 어처구니가 없다는 듯 부들부들 흔들렸다.

"아, 생각할수록 열 받네. 바람의 정령 그 자식 때문에 다 꼬여 버렸어!"

로건의 말처럼 에이단이 입상을 했을 거란 어떤 보장도 없는데, 녀석은 모든 것을 바람의 정령 탓으로만 돌리고 있었다. 노동이라는 게 정말 무섭긴 한가 보다.

'난 상금 필요 없는데……'

에이단, 네가 가질래?

목구멍까지 그 말이 차올랐지만, 가까스로 참았다. 힘들게 노력한 친구에 대한 예의도 아닐뿐더러, 녀석이라면 거절할 것임을 알기에 아무 말도 할 수가 없었다.

꽈앙!

―왜 자꾸 내 탓이래!

별안간 기숙사 방문이 벌컥 열린 것은 그때였다. 집기가 들썩거릴 정도의 강한 바람에 모두가 사레들린 듯 깜짝 놀랐다.

"뭐야? 이 자식 또 나타난 거야?"

쾅! 쾅! 쾅!

이번엔 창문이었다. 유리가 깨지지 않은 게 신기할 정도로 창문이 몇 차례 열렸다 닫혔다를 반복했다.

그리고 녀석이 보였다. 푸른색 가운을 펄럭이며 바람의 정령이 창문 앞, 실내 안에 다시금 모습을 드러냈다.

"헉!"

"저 녀석……!"

바람의 언덕에서와 다른 점이라면 바율만이 아니라 친구들의 눈에도 보인다는 것이었다. 녀석이 두 손을 허리에 얹고 양 볼을 한껏 부풀린 채 일행을 째려보았다.

"대애박!"

에이단은 자신도 모르게 탄성을 질렀다.

"귀, 귀여워!"

지금 순간만큼은 녀석의 만행이 떠오르지 않았다. 저 통통한 볼살에 얼굴을 비비며 조물조물하고 싶은 충동만이 일 뿐이었다.

그랬다. 에이단은 동물이든 사람이든 귀여운 것에 심각하게 취약했다. 주말마다 잔소리를 무릅쓰고 꼬박꼬박 집에 가는 것도 귀여운 여동생을 보기 위함이었다.

"꼬마야, 네 이름이 뭐니? 아 참, 이름이 없겠구나. 이노센트나 셰임처럼 바율이 지어 줘야 하는 거지?"

만나면 가만두지 않겠다던 다짐은 그새 싹 잊었는지, 에이단이 헤실헤실 웃으며 녀석에게 말을 걸었다.

재밌는 사실은 그게 그리 싫지만은 않은 듯, 바람의 정령이 날뛰지 않고 얌전히 자리를 지켰다는 것이다. 물론 뾰족한 눈매는 풀지 않은 채였다.

"바율, 뭐 해? 기다리잖아."

일라이가 바율의 어깨에 손을 얹었다. 그때까지도 바율은 멍하니 바람의 정령을 쳐다보고만 있었다.

"…아, 안녕?"

쌩!

어렵게 말을 붙인 바율이 민망할 정도로 바람의 정령의 고개가 획 돌아갔다. 설마 했는데 역시나 자신을 싫어하는 게 틀림없었다.

'대체 내가 뭘 잘못한 걸까?'

바율로선 당혹스럽고 속이 상한다.

"이런, 단단히 화가 난 모양이네. 무슨 일 때문에 이렇게 화가 났을까?"

곤란해하는 바율을 위해 나선 것은 역시나 에이단이었다. 녀석이 살살 달래며 말을 유도했다.

"뭐든 다 얘기해 봐. 오늘 내가 전부 들어 줄게!"

그런 에이단의 노력이 통했을까?

"네가 싫다며!"

바람의 정령이 원망하듯 바율을 흘겨보았다.

'싫다니……? 뭐가?'

다짜고짜 그게 무슨 말인지 바율은 이해할 수가 없었다.

"……!"

그런데 그때, 마치 해일처럼 머릿속으로 옛 기억이 밀려 들어 왔다.

2.

"바율, 우리 종이비행기 접어서 날려 볼까?"

"종이비행기?"

"응, 오늘 가국어 수업 시간에 배운 건데, 종이비행기를 접어서 날리면 소원이 이루어진대!"

"소원?"

"응, 재밌겠지? 해 보고 싶지?"

아파서 누워 있는 바율을 위해 바일이 손수 힘겹게 탁자를 끌고 왔다.

"자, 따라 해 봐. 이렇게, 이렇게 접는 거야."

잘 보라는 듯 바일이 천천히 차근차근 종이를 접었다.

"여기, 너도 해 볼래?"

미리 준비해 온 빈 종이를 동생에게 내미는 바일의 얼굴은 걱정투성이였다. 벌써 며칠째 거동도 못 하고 누워만 있는 동생이다. 녀석이 얼른 일어나서 함께 산책이라도 했으면 좋겠다.

그런 형의 바람을 모른 척할 수 없어 바율은 애써 몸을 일으켰다. 그것만으로도 땀이 비 오듯 쏟아졌지만, 티 내지 않으려 노력했다.

"다시 보여 줘. 어떻게 한다고?"

형인 바일이 종이를 접으면 이어서 바율이 그대로 따라 했다. 몇 번의 반복 끝에 곧 길쭉한 종이비행기가 두 개 탄생했다.

"넌 소원이 뭐야?"

창가에서 종이비행기를 날리기 전 바일이 물었다.

"음…… 체스 게임에서 아버지를 이기는 거?"

며칠간 아픈 몸 때문에 체스를 두지 못했다. 마지막 체스 게임 때 다음번엔 꼭 이기고 말겠다고 두 형제가 선전 포고를 했었다.

"형은?"

"나?"

"응, 형 소원은 뭐야?"

"내 소원은…… 바율 네가 건강해지는 거. 그래서 같이 밖에서 뛰어노는 거. 형을 위해 그래 줄 수 있지?"

"응! 빨리 나을게!"

씩씩하게 대꾸하는 바율의 머리를 쓰다듬으며 바일이 환하게 웃었다. 고작 몇 분 먼저 태어났을 뿐인데도 아픈 동생을 제 몸처럼 챙기는 듬직한 형이었다.

"그럼 이제 날려 볼까? 바율, 힘껏 던져!"

적당한 바람이 불어오고 있었다. 바일이 먼저 팔을 힘차게 휘둘렀다. 이어 바율도 따라서 최대한 기운을 담아 종이비행기를 허공에 날렸다.

쑤아아앙!

갑작스러운 돌풍이 분 것은 그때였다. 바율이 종이비행기를 날린 순간, 돌연 센 바람이 훅 불어왔다. 그 탓에 종이비행기가 전진하지 못하고 밀려나 벽에 부딪혀 바닥으로 떨어졌다.

"으앙, 뭐야! 왜 내 거만!"

"바, 바율! 괜찮아. 바람이 세게 부는 바람에……."

"바람 미워! 으아항!"

3.

지금 생각하면 별일도 아닌데 그땐 정말 서럽게 울었다. 핑계를 찾자면 고작 여덟 살밖에 안 된 어린아이였고, 몸살을 길게 앓아 몸과 마음이 많이 약해진 상태였다.

"흥! 이제 기억났겠지?"

"바율, 뭐야? 뭐가 어떻게 된 거야?"

옛 기억에서 빠져나온 바율은 친구들에게 과거의 얘기를 짧게 전달했다.

"우아, 기억도 함께 공유가 되나 보지?"

바율도 이제 알았다. 그때의 상처가 얼마나 컸으면 이걸 다 기억하고 있는 건지 미안한 한편 신기했다.

녀석에게 당시의 일이 트라우마라도 되었던 것일까?

바람의 정령이 아니었으면 바율은 결코 기억하지 못했을 것이다. 녀석 역시 다른 정령들처럼 쪼개진 단편적인 기억들만 갖고 있는 듯했다.

"보면 볼수록 귀여운 녀석이네. 너, 그것 때문에 삐쳤던 거구나? 바율이 바람 밉다고 해서?"

"…나, 나는 도와주려고 했었던 거거든!"

"도와주려고 했었다고?"

"그래! 멀리 날려 주면 좋아할 줄 알고 그랬는데……!"

힘 조절에 실패한 게 문제라면 문제였다.

"아아, 그랬구나. 우리 귀여운 정령이 그랬구나. 엄청 속상했겠다!"

여동생 클라라를 어르듯 조금 과장되게 슬픈 기색을 내비치며 에이단이 바율에게 손짓했다.

'어? 왜……?'

의미를 몰라 허둥대는 바율에게 녀석이 입 모양으로 벙긋거렸다.

'얼른 사과하라고. 잘못했다고 그래.'

이제 와서 미안하다고 하란 말이야? 이미 화해하기는 그른 것 같은데?

뾰로통한 표정을 마주하고 있자니 바율은 자신감이 급하락했다. 그래도 용기를 내 뒤늦은 사과를 건넸다.

"미안해…… 그때는 내가 많이 어렸어……. 진심으로 사과할게."

"…진짜로 미안해?"

웃기지 말라며 소리칠 줄 알았던 바람의 정령이 한층 풀어진 눈빛으로 바율에게 조심히 물었다. 그런 녀석의 두 뺨은 발그레 물들어 있었다.

"으응, 한 번도 널 미워한 적 없어."

바율이 고개를 끄덕이며 말하자 녀석의 입꼬리가 서서히 올라갔다. 바람의 정령을 만난 이래로 처음으로 보는 미소였다.

"웃으니까 더 귀엽네!"

에이단의 눈에선 하트가 쏟아질 지경이었다.

몇 시간 차이로 너무나 상반된 모습을 봤기 때문일까. 어느 쪽이 진짜 녀석의 모습인지 바율은 감이 잡히지가 않았다.

이노센트가 녀석을 왜 싫다고 했는지 왠지 알 것도 같다. 그리 평탄하지만은 않을 것 같은 앞날이 불현듯 바율의 머릿속으로 그려졌다.

4.

기말고사 성적이 공개되었다. 이번에도 별 이변은 없었다. 일라이는 중간고사 때와 마찬가지로 만점을 기록하며 수석 자리를 지켰고, 에이단과 로건도 나란히 학부 수석을 차지했다. 바율과 퀸은 수석까진 못했지만 중간고사보다는 높은 점수를 받았다.

행적학부 수석은 역시나 루빈스키였고, 라나사 또한 에이단, 로건과 함께 기사학부 수석에, 슈스케와 엘레인은 각각 마법학부와 신학부 차석에 이름을 올렸다.

긴 시간 황궁에 다녀오고도 사절단 전부 큰 영향을 받지 않아서 다행이었다.

"너희는 방학 때 뭐 할 거냐?"

아카데미에서의 마지막 식사 시간이었다. 이미 수업은 모두 종강했고, 식사 후 짐을 챙겨서 기숙사를 나서기만 하면 이번 학기는 정말 끝이다.

"특별히 할 일이라도 있어?"

슈빅이 우악스럽게 빵 조각을 뜯으며 친구들에게 물었다.

"난 집안일 도와야 해. 넌 뭐 할 건데?"

어제부터 부쩍 울적해진 에이단은 밥도 먹는 둥 마는 둥 했다.

"나는 오랜만에 집에 가는 거니까 엄마가 해 주시는 밥도 좀 먹고, 동네 친구들이랑 서핑 가고 뭐 그러겠지?"

"서핑?"

"엉, 우리 동네 앞바다 파도가 죽여주거든. 내가 아카데미에선 열등생이지만, 서핑은 기가 막히게 탄다고! 너희도 시간 나면 놀러 와!"

슈빅은 평민이긴 해도 집안이 대대로 선박업에 종사한 탓에 꽤 부유하게 자란 편이었다. 여름 동안 시원한 바닷가에서 주스를 들이켜며 서핑을 즐기는 게 녀석의 낙 중 하나였다.

"아, 퀸은 좀 별로겠지……?"

인어족인 퀸에게 서핑을 권하다니, 물고기에게 수영을 가르치는 격이었다.

"그러고 보니 라이, 너는 집이 어디야? 집시는 일정한 거주지가 없다고 들었는데, 넌 이사장님 댁으로 가는 거지?"

"미쳤냐? 내가 거길 왜 가?"

"…아직도 이사장님과 화해 안 했냐?"

"평생 그럴 리 없으니 관심 꺼라."

"그럼 방학 때 어디서 지낼 건데? 갈 곳은 있어?"

"당연히 있지, 없을까 봐? 넌 내 걱정 말고 네 걱정이나 하셔. 그 성적으로 다음 학기 무사히 마칠 수는 있겠냐? 정리 노트를 빌려주면 뭐해. 보람 참 없다."

일라이의 잔인하리만치 현실적인 성적 공격에 슈빅의 얼굴이 벌게졌다. 안 그래도 중간고사에 비해 성적이 현저하게 떨어지는 바람에 솔직히 울고 싶은 심정이었다.

"이게 다 너희가 같이 공부 안 해 줘서 그런 거잖아! 친구를 불쌍히 여길 줄도 알아야지, 진짜 너무들 하는 거 아니냐?"

"네가 망쳐 놓고 왜 우리한테 그래?"

"2학기 때는 내가 두고 볼 거다! 이건 일종의 우정 테스트 같은 거야! 그때도 나 모른 척하면 너희 전부 절교야!"

"얼씨구?"

홀로 부득부득 우기는 모양새가 어이없다가도 웃음이 났다. 가끔 저 머릿속에는 대체 뭐가 들어 있는지 실로 궁금해진다.

"바율, 로티어스 교수님께 책은 돌려 드렸어?"

위대한 길을 향한 안내서는 일라이 덕분에 깔끔하게 완독을 끝냈다. 황궁 서고의 책을 한 달이라는 긴 시간 동안이나 갖고 있을 순 없기에, 필사를 했다는 거짓말과 함께 오늘 아침 책을 반납한 상태였다.

"책? 무슨 책?"

바율이 막 입을 열려는데 슈빅이 끼어들며 호기심을 보였다. 평소 책이라곤 읽지도 않으면서 말이다.

"아, 그냥 역사책. 도서관에선 구할 수 없는 거라서 잠시 빌려주셨었어."

"그래?"

심드렁하니 대꾸하던 슈빅이 별안간 탁자에 바짝 기댔다.

"우리 운발 우승자님께선 방학 중 계획이 뭔가?"

"…운발 우승자?"

"요 며칠 널 부르는 말이야. 연날리기 대회에서 일등 했잖아. 그 난리 속에서 유일하게 살아남은 승자! 이렇게 될 줄 알았으면 나도 한번 도전해 보는 거였는데!"

바율이 실력이 아니라 운으로 우승했다는 건 누구나가 다 아는 사실이었다. 모든 건 템페스타의 조작(?)이었지만, 정령의 존재를 모르는 학생들은 역시 란데르트 공작의 아들이라며, 운발 하나는 끝장나게 타고 태어난 게 분명하다고 바율을 부러워했다.

새로운 별명이 생긴 이유를 생각하니 바람의 정령에게 이름을 붙여 줬던 순간이 떠올라 바율은 작게 웃었다.

5.

"…그래서, 내 이름은 뭔데?"

한 번도 미워한 적 없다고 사과하는 바율에게 바람의 정령이 불쑥 물었다. 그런 녀석의 얼굴은 어쩐지 기대감으로 가득했다. 바율은 몰랐지만, 녀석은 사실 이노센트와 셰임을 많이 부러워하는 중이었다.

"그래, 바율. 이름 정해 둔 거 있어?"

에이단이 바람의 정령 옆에 붙박이처럼 붙어서는 바율을 채근했다. 한시라도 빨리 이름이 생겨서 이 귀여운 녀석을 마음껏 불러 주고 싶었다.

"아, 그게……."

갑작스러운 상황에 바율이 우물거리자 바람의 정령의 눈빛이 서서히 가라앉았다. 당장 이름을 지어 주지 않으면 화를 낼 게 분명했다.

'성격이 너무 급해…….'

누가 바람의 정령 아니랄까 봐서 몰아치는 게 마치 폭풍 같다. 짧은 시간 사이에 좋아했다가 화를 냈다가, 도무지 종잡을 수가 없다. 어느 장단에 맞춰야 할지 벌써부터 헷갈린다.

"…아! 폭풍!"

그 순간 퍼뜩 단어 하나가 떠올랐다.

"템페스타!"

폭풍이라는 뜻을 담고 있다. 어감도 나쁘지 않고 녀석의 성격과 너무나 잘 어울린다.

"…템페스타?"

"응, 가장 강력한 바람을 뜻하는 말이야. 어때? 마음에 들어?"

바율은 조심스레 녀석의 눈치를 살폈다. 성에 안 차면 또 난리를 피울 게 뻔하다. 혹시라도 맘에 안 든 거라면 그러기 전에 빨리 다른 것을 생각해 내야 했다.

"템페스타……."

하지만 그럴 필요가 전혀 없었다. 나지막이 곱씹어 말하는 바람의 정령의 얼굴은 더없이 흡족한 빛을 띠고 있었다.

이노센트와 셰임과 비슷한 반응이었다. 이름이 없는 그들은 이름을 지어 주는 것만으로도 무한한 행복감을 얻는다. 그것으로 본인들의 특별함을 확인하는 것 같기도 했다.

템페스타.

이제부터 이것이 녀석의 이름이었다.

6.

"슈빅, 아무리 착각은 자유라고 하지만 넌 아니거든. 내 연도 박살이 났는데, 네 연이라고 버티었겠냐? 절대 아닐 걸?"

"에이단 네가 그걸 어떻게 아냐? 운발의 여신님이 날 선택할 수도 있는 거잖아!"

"으음, 그건 아닐 거야."

"맞아, 아니야."

"그랬을 리 없지."

"당연히."

바율만 빼고 전부 약속이라도 한 듯 슈빅의 말을 부정했다. 모든 것이 템페스타의 짓임을 아는 그들이기에 당연한 반응이었지만, 당하는 슈빅으로선 어처구니가 없었다.

"뭐야, 너희? 짰냐? 왜 대꾸들이 똑같아? 뭔가 수상한 냄새가 나는데?"

"…슈빅! 내 계획이 뭐냐고 물었지?"

친구들이 행여 이상한 소리라도 할까 싶어 바율은 얼른 화제를 돌렸다.

"나도 오랜만에 집에 가는 거라서 느긋하게 쉴 생각이 야. 틈틈이 재스퍼랑 놀아 주기도 해야 하고, 서가에서 책도 좀 읽고, 영지를 돌아보면서 찾아볼 것도 찾아보고. 말하다 보니 꽤 바쁠지도 모르겠네."

"란데르트 공작가의 도련님이니 할 일이 좀 많겠냐? 네 어깨가 참 무겁긴 하겠다. 후계자는 아무나 하는 게 아닌 것 같아."

후계자.

사실 돌아가면 가장 중요한 일이 바율을 기다리고 있었다. 괜히 얘기를 꺼내면 분위기를 망칠 게 뻔하기에 말하지 못한 일이.

'형⋯⋯.'

해밀턴의 여름은 2년 전 그날부터 '바일이 떠난 계절'이었다. 형의 기일이 다가올 때면 본성은 쥐 죽은 듯이 고요해진다. 그 숨 막히는 적막에 바율은 더더욱 깊은 죄책감에 빠지고는 했다.

"집에 가는 건 좋은데, 너희랑 한 달이나 떨어져 지낼 걸 생각하니 아쉽긴 하다. 내가 편지할 테니까 꼭 답장 써 줘야 한다?"

"맞춤법 똑바로 쓰면."

"우 씨, 이게 남의 약점을 끝까지 건드리네?"

종강이니만큼 마지막 인사는 상쾌한 기분으로 마무리하고 싶었는데 녀석 때문에 다 틀렸다.

"아무렇게나 함부로 되는대로 쓰지 말고, 사전 찾아 가면서 쓰라는 이 형님의 깊은 뜻이란다. 졸업하는 날까지 맞춤법은 떼야 하지 않겠니?"

"아아, 네네. 여부가 있겠습니까아."

고개를 조아리며 대답하는 슈빅을 보며 에이단이 킬킬거렸다. 퀸은 여지없이 한숨을 내쉬었고, 일라이가 고개를 갸웃하며 어쩐지 묘하게 어두운 얼굴의 바율을 살폈다. 로건만이 그 연유를 다 안다는 듯, 낯빛을 굳히며 우울하게 침잠했다.

7.

해밀턴을 떠날 땐 이언과 단 둘뿐이었지만, 돌아가는 지금은 여섯이었다. 남들 눈에 보이지 않는 정령들까지 합치면 아홉이나 된다. 다른 칸에 있을 리자이, 리바이 형제까지 더하면 무려 열이 넘었다.

아침까지 캐링스턴 저택을 단속하느라 정신없이 바쁘게 움직이던 리타는 바율의 맞은편에서 꾸벅꾸벅 졸고 있었다.

통로 반대편 좌석에는 데스와 그의 두 동생이 앉아 있었다. 맏형인 데스는 과묵히 자리를 지키고 있는 반면, 바르와 아몬은 기차에 오른 이후로 지금까지 '우와, 우와'를 연발하는 중이었다.

바르는 그렇다 치더라도 아몬은 보이지도 않을 텐데, 무엇에 감탄을 하는지 바율로선 알 수가 없었다.

"이들도 해밀턴에 함께 간다고요?"

처음 데스 삼 형제의 동행 소식을 들었을 때 바율은 의아했다. 본디 해밀턴의 식구가 아닌 사람을 데려간다고 하니 선뜻 내키지가 않았던 것이다.

하나 그런 그들의 처지를 대변해 준 건 의외로 이언과 리타였다.

"해밀턴이 어떻게 생겼는지 궁금하다고 하더군요."

"가서도 본성 일을 돕기로 했어요. 해밀턴에 할

일이 좀 많아요? 이제 좀 쓸 만해지고 있으니 데려
가도 좋을 것 같아요."

"마침 우리도 처지가 곤란해져서 말이야."

무슨 처지가 어떻게 곤란해진 것인지는 모르겠다만, 어
쨌든 그런 이유로 데스 삼 형제도 바율의 귀환행에 합류했
다.

아버지가 날 보면 반가워해 주실까?

재스퍼는 좋아서 펄펄 날뛰겠지?

앞으로 사흘 후면 해밀턴에 도착한다. 이전과는 완전히
달라진 모습으로 복귀하는 것이다.

바율, 어서 와. 기다리고 있었어!

창밖 풍경 너머에서 형이 웃으며 손짓하는 것 같다.

그리운 고향.

아버지가 계신 곳.

'그래, 이번에는 잘해 보자!'

아버지와의 관계 개선도, 형의 기일도, 어머니에 대한 비
밀도 모두 제대로 해결하고 싶었다.

'예전처럼 그렇게 살진 않을 거야.'

무릎에 놓인 양손을 그러쥐며 바율은 마음속으로 다짐했
다.

　해밀턴이 점점 가까워지고 있었다.

〈다음 권에 계속〉

4컷 만화

의심의 흐름

데스

리타

셰임

이노센트

텅

!?

블랙 밥이
어디로 갔지…!?

오늘 블랙을
본 적이 없는데…

기웃

집 안에서
먹을 게 없어
졌다면 역시…

기웃

데스….
아무리 그래도
개밥을….

대체
무슨 말을
하는 거지?

물의 방식

무슨 일이길래 모여있는 거지?

웅성 웅성

사람이 너무 많아서 안 보여…!

낑낑

바율, 내가 도와줄까?

정말? 그럼 고맙…

좋아. 다 없애줄게.

사아아

아니야 아니야 아니야 아니야

땅의 방식

어? 갑자기 잘 보이네?

갑자기 키가 컸을 리는 없고

무슨 일이…?

짜 잔

셰임…!!

뭐야!?

셰임이 뭐 했는데?